Deseo

D1547868

Un riesgo justificado

CHARLENE SANDS

HARLEQUIN

Editado por HARLEQUIN IBÉRICA, S.A.
Núñez de Balboa, 56
28001 Madrid

© 2012 Charlene Swink. Todos los derechos reservados.
UN RIESGO JUSTIFICADO, N.º 1946 - 6.11.13
Título original: Worth the Risk
Publicada originalmente por Harlequin Enterprises, Ltd.

I.S.B.N.: 978-84-687-3615-0
Depósito legal: M-24138-2013
Editor responsable: Luis Pugni
Fotomecánica: M.T. Color & Diseño, S.L. Las Rozas (Madrid)
Impresión en Black print CPI (Barcelona)
Fecha impresion para Argentina: 5.5.14
Distribuidor exclusivo para España: LOGISTA
Distribuidor para México: CODIPLYRSA
Distribuidores para Argentina: interior, BERTRAN, S.A.C. Vélez
Sársfield, 1950. Cap. Fed./ Buenos Aires y Gran Buenos Aires,
VACCARO SÁNCHEZ y Cía, S.A.

Capítulo Uno

Unas botas de mujer estaban en el suelo, junto a la cama. Un elegante ringorrango de puntadas sobre un suave cuero color chocolate. Verlas le dibujó una sonrisa en los labios a Jackson Worth. Levantó los brazos lentamente para estirarse sin despertar a su acompañante. Su pensamiento se vio inundado de imágenes de lo sexy que ella estaba con aquellas botas puestas y lo mucho que él se había excitado al descalzárselas. La falda, muy corta, y el jersey de escote no habían tardado en seguir el mismo camino sin que él tuviera que esforzarse mucho.

No tenía ningún sentido, pero no podía negar que, después de ver cómo Sammie Gold, la mejor amiga de su cuñada, se acercaba a él la noche anterior en el bar del hotel con aquella dulce sonrisa, el suave contoneo de las caderas y aquellas increíbles botas, se había sentido completamente abrumado por el deseo.

Sin embargo, Jackson Worth no era ningún estúpido. Lo que había hecho tendría consecuencias, que sus hermanos, Clay y Tagg, se encargarían de recordarle. Lo peor vendría por parte de Callie, la esposa de Tagg.

Los brillantes rayos del sol penetraban a través

3

de las cortinas. Jackson cerró los ojos para tratar de aliviar el tremendo dolor de cabeza que se le estaba poniendo. La mujer que estaba tumbada a su lado se rebulló e impregnó el aire de aroma a melocotón. Jackson lo aspiró y maldijo a su saciado cuerpo por reaccionar ante aquel dulce perfume.

Nunca antes había mezclado los negocios con el placer, pero en aquella ocasión los había revuelto a la perfección.

Sammie se dio la vuelta y dejó caer un brazo sobre el torso de Jackson suave y posesivamente. Murmuró algo en sueños. Él observó su cabello, corto y castaño, con tonalidades color caramelo, avellana y ron mezclándose como si fueran los de una rara gema. Era bonita, pero no la clase de mujer con la que él solía salir.

En realidad, no había salido con ella. Se había acostado con ella. Callie no se iba a poner muy contenta cuando se enterara. Le había advertido que se comportara lo mejor que pudiera. Su cuñada le había pedido un favor y había depositado en él toda su confianza.

«Sammie lo ha pasado muy mal últimamente. Ha perdido a su padre y su negocio casi al mismo tiempo. Ocúpate de ella, Jackson. Ayúdala, por favor. Significa mucho para mí».

Y él había hecho saltar en mil pedazos aquella confianza.

Lentamente, Sammie levantó la cabeza de la almohada. Lo miró desorientada con sus profundos ojos castaños.

–¿Jackson?

–Buenos días, nena.

Ella miró el elegante dormitorio. Parpadeó y volvió a mirar. Entonces, sacudió la cabeza y palideció. Se incorporó en la cama dejando que las sábanas se deslizaran por su cuerpo desnudo. Unos pequeños pechos, redondos y firmes, quedaron al descubierto. Jackson gruñó en silencio. Si fuera cualquier otra mujer, volvería a llamar a las puertas del paraíso aquella mañana.

Ella contuvo la respiración y volvió a taparse rápidamente con la sábana.

–¡No! –exclamó interrogándole con la mirada–. ¿Nos hemos...?

–Aparentemente –respondió él. Aquella no era la reacción habitual que recibía de una mujer después de una noche de sexo espectacular.

–¿Dónde estoy?

–En París.

Ella volvió a contener la respiración y respondió con un hilo de voz.

–¿En Francia?

–No, en Las Vegas.

Sammie se dejó caer sobre la almohada y miró al techo mientras tiraba de la sábana hasta cubrirse la barbilla.

–¿Cómo ha ocurrido esto?

Jackson apoyó la cabeza en una mano y la miró a los ojos. Entonces, le dio la única explicación que logró encontrar.

–Por unas botas…

***

La confusión de Sammie comenzó a desvanecerse y, poco a poco, comenzó a recordar que había ido a Las Vegas para una feria de calzado. Callie Worth, su mejor amiga, había insistido en que quedara con Jackson, dado que él también estaba en Las Vegas. Jackson tenía buena cabeza para los negocios y podría aconsejarla y ayudarla a salir del embrollo financiero en el que se encontraba. El último novio de Sammie, un contable muy hábil, le había robado el corazón y todo lo que ella poseía antes de marcharse. Sammie se había sentido como una idiota y una ingenua por haber creído en sus mentiras. Seguía sintiéndose así, solo que en aquellos momentos el responsable era Jackson Worth.

Desde la muerte de su padre unos meses antes, Sammie había perdido la capacidad para tomar buenas decisiones, pero estaba segura de que acostarse con el cuñado de su mejor amiga debía de ser lo más necio que había hecho en toda su existencia.

Vio su ropa en el suelo, que reflejaba claramente cómo el deseo les había conducido a la cama. La blusa, la falda, el sujetador y el tanga se sucedían uno detrás de otro. El pánico se apoderó de ella.

—¿Cuánto champán bebí anoche?

—No tanto… tal vez dos copas.

Sammie se quedó boquiabierta.

—Yo… no suelo beber. Me afecta mucho. Me pongo… hmm...

–¿Salvaje y muy sensual?

–¡Ay, no! ¿Es que te seduje yo?

Él sonrió.

–Fue mutuo, Sammie. ¿No te acuerdas?

Él se había mostrado muy solícito. De eso sí que se acordaba. Habían estado hablando de negocios la mitad de la noche, y luego habían llegado las risas. A continuación, el champán. Se había sentido bien después de la primera copa… tendría que haberse imaginado lo que ocurriría.

Unos meses antes, Sammie había viajado desde Boston para asistir a la boda de Callie y había conocido a Jackson allí. Entre ellos se había desarrollado una cordial amistad. Él tenía un físico impresionante. Era guapo con mayúsculas y estaba tan fuera del alcance de Sammie que jamás se había planteado que pudiera haber entre ellos algo más que una amistad.

–En realidad, no. No me acuerdo de… mucho –suspiró ella–. No debería haber tomado esa segunda copa de champán.

Jackson le acarició el brazo, trazando círculos con los dedos justo por encima del codo. Al sentir sus caricias, ella se echó a temblar. El calor se le adueñó de la entrepierna y la memoria pareció aclarársele durante un instante. Recordó algo… Cómo su cuerpo reaccionaba cuando él la tocaba.

–Es un poco tarde para eso.

Jackson tenía razón. La noche anterior ella había arrojado la cautela por la ventana. Cansada de ser siempre la buenecita y la formalita, se había enredado con Jackson en la pista de baile y lo había besado.

–Así soy yo. Siempre llego la última a la fiesta.

–Sammie –dijo él. Su voz profunda le recordó lo mucho que se estaba perdiendo al no recordar lo ocurrido la noche anterior–, para que quede claro. Tú querías estar en la fiesta.

–Yo… sí, lo sé. ¿Qué mujer en su sano juicio no querría haber estado?

Sammie cerró los ojos. Debería haber sido más cautelosa. Sin embargo, debía enfrentarse a la verdad. La noche anterior había necesitado algo que la animara, y Jackson Worth, con sus anchos hombros, ojos azules y cabello rubio, era el hombre adecuado para hacerlo. No solo era guapo, también era amable, cariñoso y atento. La combinación había sido irresistible.

Acostarse con Jackson había sido una estupidez, pero no acordarse de nada… Eso estaba fatal. Estaba sintiendo la culpabilidad sin ningún recuerdo memorable que la acompañara. Ya nunca lo sabría. La noche anterior no volvería a repetirse.

El día anterior había acudido a la feria de calzado con la esperanza de atraer el interés hacia su negocio. La economía estaba en crisis. Nadie estaba interesado en inyectar capital en su pequeña boutique.

Nadie excepto Jackson Worth.

Entonces, lo comprendió todo. La cabeza comenzó a darle vueltas y los ojos se le abrieron de par en par.

–Dios mío, Jackson. Somos socios.

Jackson sonrió y suspiró profundamente.

–Hicimos un trato antes de que llegara el champán, Sammie. Firmaste. En estos momentos poseo la mitad de Boot Barrage.

Sammie permaneció tumbada en la cama, con la cabeza apoyada en la almohada y escuchando cómo se abría un grifo en el cuarto de baño. Escuchó el ruido del agua corriente y cómo se abría y se cerraba la puerta de la ducha. No tenía que imaginarse cómo era Jackson desnudo. No. Cinco minutos antes, él se había levantado de la cama como Dios le trajo al mundo. Tenía un hermoso bronceado y el mejor trasero que había visto en un hombre.

–¿Estás segura de que no quieres entrar tú primero? –le había preguntado él.

Ella se había tapado aún más con la sábana y había negado con la cabeza.

–No. Ve tú primero. Prefiero esperar.

En aquellos momentos, seguía tumbada en la cama con el pulso latiéndole. Para ser una mujer que había querido empezar de nuevo en la vida, había metido la pata hasta el fondo. Un temblor se apoderó de su cuerpo. Trató de respirar profundamente para tranquilizarse, pero no le sirvió de nada. No lograba serenarse.

Entonces, recordó sus conocimientos de yoga, que le habían ayudado a superar los duros momentos por los que tuvo que pasar cuando Allen la estafó antes de marcharse de su vida. Lentamente, se sentó en la cama y apoyó los pies en el suelo. Se puso de pie, realizó un círculo con los brazos alrededor de la cabeza y se estiró hasta que las yemas de los dedos se tocaron. Entonces, respiró profundamente, dejando que el oxígeno le llenara los pulmones. Después, con la misma lentitud, dejó escapar el aire y comenzó a bajar los brazos y a doblar el cuerpo hasta que se tocó los dedos de los pies. Mejor. Mucho mejor. Repitió los movimientos varias veces y consiguió que la tensión la abandonara. La cabeza comenzó a aclarársele y los latidos del corazón se le tranquilizaron.

Estaba segura de que tendría muchos más momentos de ansiedad. Su vida estaba a punto de cambiar para siempre. Mudarse al otro lado del país y comenzar una nueva empresa en una ciudad desconocida era suficiente para ponerla nerviosa. Además, pasar la noche con Jackson, su socio, y tener que verlo con regularidad, no era la situación más idónea para una mujer que se había equivocado en su última relación sentimental.

El sonido del agua terminó y Sammie escuchó cómo se abría la puerta de la ducha. Volvió a tumbarse en la cama y a arroparse hasta la barbilla para asegurarse de que no se le veía ni un centímetro de piel. Toda la paz que había ganado desapareció de un plumazo cuando la puerta del cuarto de baño se abrió y Jackson salió a la habitación.

Llevaba puesto un esponjoso albornoz negro. Ese color le sentaba muy bien. Aquella barba incipiente sobre su masculino rostro y el cabello mojado lo hacían parecer un modelo, aunque aquello era algo que Sammie ya sabía. Llevaba la ropa con estilo, tenía una sonrisa que podía derretir los polos y, además, poseía una encantadora personalidad que era capaz de conquistar a cualquier mujer. En su contra, era soñador y peligroso. Desgraciadamente, la noche anterior las señales de alarma no habían funcionado como debían.

Llevaba un albornoz blanco en la mano. Lo arrojó sobre la cama.

—Tal vez deberías vestirte —le dijo. Su habitual aire de seguridad en sí mismo parecía haberse quebrado un poco—. Tenemos que hablar.

Sin esperar a que ella respondiera, se acercó a la ventana para permitir que entrara la luz del sol. Desde allí, se veía la réplica de la Torre Eiffel.

Sammie decidió aprovechar aquel momento para ponerse el albornoz. Entonces, recogió su ropa del suelo y se dirigió al cuarto de baño.

Se dio una ducha rápida y se puso las ropas que había llevado a la feria el día anterior. Después de haber pasado la noche en el suelo, estaban algo arrugadas. A continuación, se peinó con los dedos sin mucha dificultad gracias a su corto cabello.

Salió descalza del cuarto de baño. Jackson seguía aún de pie junto a la ventana, pero tenía una taza de café en la mano. Mientras ella se duchaba, había llegado el servicio de habitaciones. La mesa estaba puesta para dos, con una amplia variedad de alimentos. Se le había quitado el apetito en el mo-

11

mento en el que se había despertado junto a Jackson, pero, después de asearse, veía la vida de otro modo y necesitaba algo de comer. Unas magdalenas de frambuesa cubiertas de chocolate blanco parecían llevar escrito su nombre.

Jackson se apartó de la ventana para mirarla a los ojos. La miró de arriba abajo y sonrió. Entonces, dio un rápido sorbo al café.

–¿Qué ocurre? –preguntó ella.

–No creo que quieras saberlo –dijo él.

–Sí quiero.

Jackson la miró una vez más y luego se encogió de hombros como si hubiera pensado que responder no era nada del otro mundo.

–Estás muy mona.

–¿Mona? –repitió ella.

Se miró. Llevaba una falda plisada en tonos crema y marrón y una blusa entallada de color marfil. Aquel atuendo debía llevarse con una chaqueta color crema y sus bonitas botas marrones. Se había vestido así para la feria con la intención de demostrar cómo el aspecto de una persona podía crearse y cambiarse simplemente poniéndose las botas adecuadas.

Se miró los pies desnudos. Las botas estaban al otro lado de la cama, en el lugar en el que estaba Jackson. La chaqueta estaba colgada en el respaldo de una silla en el lado opuesto de la habitación. Sin botas, no se sentía poderosa. ¿Sin ellas era mona?

–¿Tienes hambre? –le preguntó él mientras apartaba la mirada para observar la mesa.

–Sí.

Jackson le indicó que se sentara. Ella tomó asiento a un lado de la mesa mientras que Jackson, que aún llevaba el albornoz, se sentó junto a ella. Le sirvió una taza de café sin dejar de mirarla con gran interés, lo que le provocó a Sammie un sentimiento de intranquilidad.

–¿Qué es lo que ocurre? –le preguntó.

Jackson volvió a sonreír.

–Te aseguro que no lo quieres saber.

Ella se tragó el café tan rápido que le abrasó la garganta. Los traidores ojos miraron la entrepierna de Jackson, a pesar de que no podía ver nada por debajo de la mesa. A Jackson no le pasó desapercibido.

–Ah.

–Escúchame –dijo él mientras se giraba en el asiento para mirarla frente a frente–. No soy la clase de hombre que va contando sus aventuras por ahí, pero en especial ahora, por mi relación con Callie y también por la que tú tienes, creo que es mejor que nos olvidemos de lo que ocurrió anoche. Fue un error del que yo me hago plenamente responsable.

Sammie ocultó su decepción. Sabía que él tenía razón, pero escuchar cómo un hombre decía que había sido un error acostarse con ella era muy decepcionante. Si ese hombre era Jackson Worth lo era aún más.

–No fue enteramente culpa tuya, Jackson. Yo también tuve algo que ver, a pesar de que no me acuerdo…

13

–Eso probablemente sea lo mejor.

¿Por qué? ¿Tan bueno había sido? ¿O tal vez tan malo? Sammie no tuvo el valor de preguntar.

–Quiero volver a empezar en Arizona. La amistad de Callie es muy importante para mí. Nos vamos a ver mucho a partir de ahora y preferiría no tener que mentirla. Sin embargo, no decir nada no es exactamente lo mismo que mentir, ¿verdad?

–No, no lo es. Será nuestro pequeño secreto. Nadie tiene que saber lo que ha ocurrido. A partir de aquí, volveremos a empezar, Sammie.

–Muy bien, lo mantendremos en secreto. Yo tampoco soy de las que va presumiendo por ahí. Después de todo, solo ha sido sexo, ¿verdad?

Jackson comenzó a asentir, pero luego se detuvo. Frunció los labios.

–Voy a acogerme a la quinta enmienda. Ningún hombre en sus cabales respondería a esa pregunta.

Sammie sonrió por primera vez desde que se despertó aquella mañana.

–Eres un hombre inteligente.

–¿Tú crees? –replicó él. Volvió a mirarla de la cabeza a los pies. Sammie sintió que el calor le llegaba hasta los mismos huesos.

–Crees que soy mona.

–Mona puede significar sexy.

–Evidentemente.

Jackson se echó a reír.

Sammie tomó una magdalena y le dio un buen bocado. Se sentía un poco mejor. Ninguno de los dos tenía expectativa alguna sobre lo ocurrido.

Aquello era la mitad de la batalla. La otra mitad era recordar que Jackson era su socio y que no debía haber nada más entre ellos. Podría conseguirlo. Tenía que hacerlo. No había más opciones.

Después de desayunar, Jackson regresó al cuarto de baño y salió vestido con unos pantalones oscuros y una camisa de cuadros. Se ofreció a llevarla a su hotel para que pudiera recoger sus cosas y luego acompañarla al aeropuerto. Se puso su sombrero vaquero y permaneció junto a la cama, de brazos cruzados, observándola mientras ella se calzaba las botas.

—Ya está —dijo ella después de cerrar la larga cremallera y ponerse de pie. Entonces, lo miró a los ojos y se puso la chaqueta—. Estoy lista.

Jackson le miró las botas y luego levantó el rostro para hacer lo mismo con el contorno de sus piernas. Tenía una extraña expresión en el rostro, que consiguió borrar inmediatamente.

—Vayámonos de aquí.

Habían hecho un pacto. Lo ocurrido en Las Vegas, se quedaría en Las Vegas. Compartir un secreto con Jackson podría ser muy emocionante.

Ojalá no fuera tan necesario…

Capítulo Dos

Estaban ya a principios de otoño. En Boston las hojas de los árboles estarían comenzando a cambiar y toda la ciudad habría adquirido la tonalidad anaranjada y dorada de la nueva estación. Era la época del año favorita de Sammie, cuando el aire fresco reemplazaba la humedad del verano y agitaba las ramas de los árboles. Sin embargo, en Arizona no había susurros de las ramas de los árboles, al menos no aquel día. El aire no se movía y la tierra tendría un aspecto desolado si no hubiera sido por la vegetación que había sido transplantada al desierto desde climas más tropicales.

Iba a echar de menos la ciudad que la había visto nacer. Sin embargo, su vida ya no estaba allí. En cuanto pisó Arizona el día anterior, se vio invadida por una excitación que no había experimentado desde hacía mucho tiempo. Allí tenía la oportunidad de volver a empezar.Tenía toda intención de mirar hacia el futuro.

Estaba de pie en medio de su enorme tienda, contemplando el hermoso suelo de madera y las paredes vacías. Aspiró el aroma de pintura recién aplicada y levantó la mirada para ver las grandes vigas que recorrían el techo, dándole a aquel espacio un encanto muy rústico. Era perfecto y en esa perfección se adivinaba la mano de Jackson. Él había elegido una localización excelente en Scottsdale para la tienda, justo en el centro de una zona de compras para las clases medias y altas de la sociedad de Phoenix.

Asomó la cabeza al exterior y se fijó en un bonito restaurante que estaba tan solo a unos metros calle abajo, en un estanco, en una tienda de ropa infantil y en un pequeño café con una encantadora terraza en el exterior. Sintió que una profunda alegría le llenaba el corazón.

–Ahora estoy en casa –susurró.

El día anterior, Tagg y Callie habían insistido en ir a recogerla al aeropuerto y la habían acompañado a su nuevo apartamento. Callie le había ofrecido más de una docena de veces que se alojara con ellos en el rancho Worth, pero Sammie no quería molestarles. Callie estaba ya embarazada de ocho meses y la pareja se merecía disfrutar de aquellos momentos tan especiales de su vida sin tener un huésped en la casa.

Por recomendación de Jackson, Sammie había utilizado una inmobiliaria *online* para encontrar un apartamento amueblado en un edificio de estilo español, con arcos de adobe y un jardín de losetas rojas. Vendió todo lo que poseía en Boston, solo salvó algunas cosas que habían sido de su padre y de los que no podía separarse.

–Bienvenida a Arizona, vecina.

Sammie se sobresaltó al escuchar aquellas palabras. Al darse la vuelta, se encontró con un hombre que llevaba un delantal de cocinero y que se había acercado a ella desde el café. Su amplia sonrisa fruncía un atractivo rostro de piel olivácea. Tenía un ligero acento español en la voz.

Se detuvo frente a ella y extendió la mano a modo de saludo.

–Me llamo Sonny Estes. Soy el dueño del Sonny Side Up Café.

–Hola, yo me llamo Sammie Gold –dijo ella mientras le estrechaba la mano.

–Vas a poner aquí una tienda de botas, ¿verdad?

–Eso es –dijo ella muy sorprendida–. ¿Cómo lo sabes?

–Jack es amigo mío. Y también mi casero, pero en ocasiones eso se me olvida. Como cuando le doy una paliza en la cancha.

–¿Jugando al tenis? –preguntó ella. Le costaba imaginarse al rudo vaquero con unos pantalones cortos de color blanco.

–No, no, al baloncesto.

–Ah... –musitó ella. Eso tenía más sentido.

–Él me dijo que ibas a venir a ver el local. ¿Qué te parece?

–Es genial. Es decir, lo será cuando mi mercancía esté aquí. Ya me he hecho una idea de cómo quiero que sea la tienda.

–La localización no puede ser mejor. Viene mucha gente de aquí a comprar, pero también muchos turistas. Scottsdale es el Beverly Hills de Arizona.

–En ese caso, estupendo –dijo ella sonriendo.

–Me alegro de que Worth haya conseguido alquilar este local. No es bueno para el negocio tener locales vacíos.

–Es cierto.

–Ven al café alguna vez y te invitaré a comer –le dijo él guiñándole un ojo–. Debo regresar a la cocina. Normalmente tenemos el comedor lleno a la hora de comer.

Sammie se despidió de él y regresó a su local vacío. Entonces, se dirigió a una habitación que había en la parte posterior y que le serviría de despacho. Se sentó en una silla infantil que había allí. Jackson le dijo que aquel local había sido una ludoteca, pero que no había estado situada en la zona adecuada. Tenía mucha más fe en Boot Barrage.

Aquel pensamiento le hizo sonreír. A Jackson le gustaban las botas. Las mujeres con botas. ¿A quién estaba engañando? A Jackson sencillamente le gustaban las mujeres. Y él les gustaba a ellas.

Se acomodó en la sillita y trató de olvidar lo que había ocurrido entre ellos en Las Vegas. Cuanto más pensaba en ello, más se alegraba de no recordar mucho de lo ocurrido aquella noche. No se puede desear lo que no se puede recordar. Afortunadamente, los recuerdos que ella tenía de aquella noche eran prácticamente inexistentes.

La puerta trasera se abrió. Ella giró la cabeza y se encontró a Jackson en el umbral. Él cerró la puerta a sus espaldas y se acercó a ella con una relajada sonrisa.

–Hola, Sammie.

Sammie deseó que no se le quebrara la voz cada vez que lo veía. Era tan guapo… Aquel día, llevaba puestos unos vaqueros con una camisa blanca y una americana negra. Su espeso cabello estaba cubierto por un sombrero marrón. Sus ojos tenían una perpetua mirada de picardía. Los dirigió a los botines que ella llevaba puestos.

Los observó, fijándose en las tiras de cuero de color moca y en las tachuelas plateadas. Aquel día, Sammie llevaba los vaqueros metidos por dentro.

–Muy bonitos –dijo él mirándola por fin al rostro.

Ella se levantó muy avergonzada.

–Gracias. Me gusta hacerles publicidad a mis botas llevándolas puestas.

–¿Y quién no se iba a detener para admirarlas? –exclamó él mientras la miraba de arriba abajo.

Sammie tartamudeó.

–No-no te esperaba esta mañana.

–Es casi la hora de almorzar.

–Sí, supongo. He estado muy ocupada y no me había dado cuenta de la hora que era.

–¿Ocupada? ¿Haciendo qué? Si el local está vacío.

–Lo sé. He estado ocupada pensando en el aspecto que tendrá cuando ya no lo esté.

–¿Puedes poner en papel esos pensamientos?

–Ya lo he hecho. He estado trabajando en un borrador. Está en mi apartamento.

–Me gustaría verlo.

–¿Mi apartamento? –preguntó Sammie atónita.

–Eso también, pero tenemos un pacto, ¿recuerdas? No. Estaba hablando del borrador. Tengo preparada una cuadrilla para construirte las estanterías y el mostrador y todo lo que tú decidas que quieres. Sin embargo, me gustaría ver tus ideas primero. ¿Te parece bien?

Sammie tenía que hacerse a la idea. Evidentemente, Jackson no tenía problema alguno estando con ella. Por lo tanto, tenía que dejar de pensar en él de otra manera que no fuera como su socio.

–Sí, me parece justo. Simplemente supuse que no tendrías mucho tiempo para dedicarle a Boot Barrage.

Jackson se echó el sombrero atrás con la punta de un dedo.

–Ver que una de mis empresas empieza con buen pie es hacer negocios con inteligencia, Sammie. Yo no solo invierto mi dinero, también mi tiempo y mis ideas. Por lo tanto, ¿qué te parece si nos vamos a tu apartamento, recogemos ese borrador y hablamos de él en la hora de comer?

¿Almorzar con Jackson? Suponía que no podía evitar pasar tiempo con él. Era un hombre de éxito y si podía enseñarle cómo hacer que su negocio fuera un éxito, debería estarle agradecida.

–Claro.

–Una cosa más –dijo él mientras le tomaba la mano. El contacto le provocó a Sammie una oleada de calor por todo el cuerpo. La sacó por la puerta trasera y la condujo al aparcamiento–. Esto es para ti.

21

–Yo no he conducido nunca un todoterreno.

–Necesitas un vehículo con un buen maletero para las cajas y las muestras. Decidí que una furgoneta sería demasiado.

–Y decidiste bien. Conducir una furgoneta me pondría de los nervios.

–No es tan difícil como parece.

–Me apuesto algo a que tú llevas conduciendo la *pickup* de tu padre desde que tenías quince años.

–Más bien desde los trece –dijo él con una sonrisa–. A mi padre no le importaba que sus hijos condujeran por el rancho. Nos enseñó lo básico y dejó que aprendiéramos lo demás.

–Es un coche estupendo, Jackson –le dijo. Se sentía muy agradecida aunque también algo culpable. Dudaba mucho que Jackson tuviera por costumbre regalar coches a sus socios–. Dime que está a cargo de la empresa.

–Es tuyo, pero, sobre el papel, es el coche de empresa de Boot Barrage.

Esa afirmación hizo que ella se sintiera un poco mejor.

–Está bien. Cuidaré bien de él.

Pasaron primero por el apartamento de ella. Jackson insistió en verlo. El gesto firme y la mirada tranquilizadora bastaron para convencerla de que no iba a ocurrir nada. No se trataba de que él se sintiera irresistiblemente atraído por ella o algo así. Podían mantenerse alejados sin problemas.

–Me gusta –dijo él mientras examinaba el salón–, aunque sea un poco pequeño.

–Es más que suficiente para mí –replicó.

Ella decidió que no le iba a mostrar los dormitorios, pero él mismo se acercó a las puertas para verlos.

–Tiene potencial.

–En estos momentos, está muy desordenado –comentó ella. Había cajas por todas partes y muchos objetos acumulados sobre la encimera–. Me he traído algunas cosas, pero principalmente voy a empezar de cero.

–Tienes una cama.

–Es una necesidad, ¿no te parece?

–En eso tienes razón...

Los ojos se le oscurecieron un poco mientras la observaba. Sammie se recordó que Jackson era un seductor. Flirtear y bromear con las mujeres era tan natural para él como respirar. No presumía de ello. Era un hombre al que genuinamente le gustaba estar con las mujeres.

«No te lo tomes en serio y te irá bien, Sammie», se dijo.

Jackson abrió una de las cajas y alzó las cejas.

–Y botas.

Ella tenía tres cajas grandes con sus propias botas.

–Otra necesidad de la vida.

–Esperemos que las mujeres de Scottsdale estén de acuerdo contigo.

–Cuento con ello.

Entonces, Jackson le colocó una mano en la espalda y la condujo hacia la puerta. Antes de cerrar la puerta, Sammie miró las paredes vacías.

–Te parecerá tu hogar antes de que te des cuenta –le dijo Jackson como si le hubiera leído el pensamiento.

Tuvo que controlar un ataque de pánico. No quería que Jackson viera su debilidad. Se había trasladado a un lugar desconocido para ella en todos los aspectos. A pesar de todo, lo conseguiría. Tendría éxito. Sonrió a Jackson mientras echaba la llave a la puerta.

–Yo también lo creo.

Jackson acompañó a Sammie hasta el coche pensando en jugosos melocotones.

–Hueles muy bien.

–Es mi crema de manos. Si el olor te da hambre, lo siento.

Le daba hambre, por supuesto. Jackson se fijó en cómo las botas le ceñían las pantorrillas. Ella lo excitaba. Era una pena. Sammie estaba prohibida para él.

–Menos mal que vamos a almorzar. Puede que tome un poco de pastel de melocotón de postre.

Menos mal que él había vuelto a recuperar la cordura. Nunca debería haber tocado a Sammie. Había repasado las razones miles de veces y había llegado por fin a la conclusión de que no habían sido solo las botas lo que le habían atraído.

Justo antes de que ella entrara en aquel bar de Las Vegas, Jackson se había enterado de que Blair Caulfield iba a regresar a Red Ridge. La hermosa, rica y mentirosa Blair Caulfield, la mujer de la que él había estado enamorado, regresaba a su ciudad natal con la excusa de cuidar a su tía Muriel, que estaba enferma.

Jackson quería creer que ya se había olvidado de Blair, pero, instantes después de enterarse de que ella regresaba a la ciudad, encontró consuelo en los brazos de la ingenua Sammie.

En cierto modo, Sammie había sido justo lo que él había necesitado aquella noche para olvidarse de Blair y del sufrimiento que ella le había causado.

Hacerle el amor a Sammie había estado muy bien. Sin embargo, el deseo que sentía por ella le había hecho recobrar el sentido común a la mañana siguiente. Tenía que hacer lo que debía y poner algunos límites.

–Esta vez conduces tú –le dijo Sammie sacándole de sus pensamientos. Antes de que él pudiera protestar, ella se montó en el asiento del copiloto y se puso el cinturón–. Así puedo aprender mejor el camino sin tener que concentrarme en la carretera.

Jackson aceptó porque ella tenía razón. Se colocó detrás del volante y arrancó. Al menos al tener que conducir tendría que concentrarse en la carretera y no en ella. Antes, cuando era ella la que conducía, había tenido oportunidad de mirarla a placer. Era muy mona y esbelta. Tenía un rostro muy agradable, salpimentado con unas pecas en la nariz que ella trataba de cubrir con maquillaje. Sin embargo, ni siquiera estaba cerca de parecerse a la clase de mujer que a él solía gustarle. Entonces, ¿por qué se sentía tan atraído por ella?

–¿Te gusta la comida cajún? Hay un restaurante estupendo justo a las afueras de la ciudad.

–Sí, me parece bien.

Una hora más tarde, Jackson examinó el borrador de Sammie en la mesa del restaurante. Habían tomado arroz con pollo y, en aquellos momentos, estaban tomando té helado.

Sammie tomó un buen trago de su copa.

–Vaya, me arde la boca.

–Pensé que te gustaba la comida cajún.

–No la había probado nunca. No me gusta la comida picante.

–Si eso es cierto, ¿por qué accediste?

–Este es el año de mis primeras veces. Es decir… no suelo aventurarme más allá de lo que me resulta conocido.

–¿No?

–No. Mis gustos no son demasiado aventureros.

–Tal vez eso sea algo que debas cambiar.

–No. En estos momentos, ya hay demasiados cambios en mi vida.

–¿Seguimos hablando de comida?

Sammie dudó un instante. Entonces, lo miró.

–Bueno, para que lo sepas, no soy la clase de chica que experimenta… con la comida… solo porque esté disponible.

No. No estaba hablando de comida.

–Eso ya lo sabía.

–Bien, porque no pienso probar de nuevo la comida cajún. Para que conste.

Jackson ocultó una sonrisa. Ya lo habían decidido en Las Vegas. Habían acordado que no volverían a acostarse, pero aparentemente Sammie tenía más que decir sobre el asunto.

–Está bien. No volverás a tomar comida cajún.

Ella sonrió aliviada y Jackson señaló al papel que tenían sobre la mesa.

–Ahora, hablemos de tus diseños…

Los días posteriores pasaron volando. Sammie estaba más ocupada de lo que había estado en toda su vida. Llamó a sus proveedores de botas y regateó los precios, creó un inventario, encargó adornos para el escaparate y realizó entrevistas para contratar a una dependienta a tiempo parcial. Por las noches, desempaquetaba sus pertenencias en el apartamento, realizaba la colada y se preparaba una ensalada antes de desplomarse en la cama.

Estaba en contacto con Jackson todos los días. Él demostró que lo que le había prometido sobre el negocio era totalmente cierto. Necesitaban empezar con buen pie y Jackson conocía algunos trucos al respecto. De hecho, aquella mañana había llegado a la tienda antes que ella. Su furgoneta estaba estacionada en el pequeño aparcamiento detrás de Boot Barrage.

Sammie abrió la puerta trasera y se lo encontró

midiendo una pared. Jackson estaba de espaldas a ella y no se molestó en darse la vuelta.

–Buenos días –dijo por encima del hombro–. Los muchachos llegarán dentro de unos minutos. He pensado que era mejor hablar con el contratista antes de que empezara aquí.

–Buenos días –replicó ella.

Trató de no quedarse boquiabierta al mirar a Jackson. Él llevaba una ceñida camiseta de algodón y unos vaqueros gastados lo suficientemente apretados como para recordarle a Sammie lo bien que él estaba desnudo. También llevaba un cinturón de herramientas alrededor de la cintura.

Sammie tuvo que contener un suspiro. Cada vez que lo veía, más lo deseaba. Sin embargo, eso era tan solo porque era muy guapo. Era un cañón de hombre.

–Sí, eso está muy bien. Me muero de ganas de que empiecen.

Jackson asintió y fue a por un cuaderno en el que apuntar los números. Había llevado un escritorio y una butaca hacía unos días. Ella había colocado allí encima su portátil y trabajaba cuando podía.

–¿Vas a ir a casa de Callie y de Tagg a cenar esta noche? –le preguntó sin apartar la mirada de las cifras que estaba anotando.

–Sí, claro.

–No tiene ningún sentido que vayamos cada uno en nuestro coche –dijo él mientras estudiaba otra pared que estaba midiendo–. Yo te llevaré a Red Ridge.

–No, no creo que eso sea nece…

Jackson se volvió a mirarla. Ella sintió cómo el deseo la atenazaba. Era la fantasía de todas y cada una de las mujeres, un hombre rubio, de ojos azules, con un cinturón de herramientas colgado a la cintura. Sammie siempre se había enorgullecido de no ser una mujer superficial hasta que conoció a Jackson Worth. Sin embargo, una vez más se recordó que no se debía mezclar los negocios con el placer. Y mucho menos ella.

Eso se lo había hecho entender el canalla de su exnovio, Allen Marksom.

–Ah –dijo ella dándose cuenta rápidamente de su error–. Callie te ha pedido que me lleves, ¿verdad?

–Compartir vehículo es bueno para el medio ambiente.

–Callie se preocupa demasiado por mí.

–Es tu amiga.

–Sin embargo, si tú solo vas por llevarme a mí, no tienes que…

–Dos cosas, Sammie –repuso él muy serio–. Me gusta estar con mi familia. Y no discuto nunca con embarazadas. Para que lo sepas.

–Entendido –replicó ella.

Cuando la cuadrilla se presentó para trabajar, Jackson y ella repasaron los planos para asegurarse de que todos sabían lo que tenían que hacer. Sammie se sintió muy emocionada al darse cuenta de que, por fin, Boot Barrage estaba a punto de materializarse.

–Cuando empecemos, no podrán entrar aquí. Motivos de seguridad –dijo el jefe de la cuadrilla, Justin Cervantes.

–Nos lo habíamos imaginado –respondió Jackson–. Por supuesto.

–¿Cuánto tiempo tardarán?

El señor Cervantes observó el local y realizó unos cálculos mentales.

–Tenemos que darles textura a las paredes, construir las estanterías, poner los mostradores y pintar. El señor Worth quiere que se haga rápido. Si trabajamos duro a lo largo del fin de semana, hasta mediados de la semana que viene. Eso es lo antes que podríamos. Le informaré a diario –le dijo a Jackson.

–Estupendo.

En aquel momento, el teléfono móvil de Jackson comenzó a sonar. Él miró la pantalla y se excusó para ocuparse de la llamada.

Sammie terminó de hablar con el señor Cervantes y le dio también su número de teléfono por si tenía alguna pregunta que hacerle. Estaba muy contenta. No se podía creer que aquello estuviera ocurriendo de verdad. Tendría una tienda nueva, que contaría con una buena inyección de dinero para empezar bien el negocio. Tenía una segunda oportunidad de hacer algo que le encantaba. En Boston, su tienda había sido muy pequeña, pero había conseguido ganarse bien la vida y había disfrutado de cierto éxito. Aquel local era tres veces más grande. Sería lujoso y cómodo para ella y para sus clientes.

Cuando Jackson terminó de hablar por teléfono, se dirigió a ella y le indicó que lo acompañara a la trastienda. El espacio serviría de oficina y de sala de descanso para ella y sus empleados. Detrás de esa zona, se crearía un almacén en el que guardar el inventario.

–¿Qué ocurre? –le preguntó ella.

–Era mi hermano Clay. Nos ha invitado a un pequeño espectáculo que van a celebrar en Penny's Song mañana por la noche. Dado que los dos vamos a ir al rancho, sugirió que nos quedáramos con ellos a pasar el fin de semana.

Penny's Song era un pequeño rancho que estaba en la finca de los Worth. Su función era ayudar a niños enfermos a recuperarse. Sammie había estado allí en una ocasión, cuando Callie se casó con Tagg. La joven Penny Martin, una vecina de la localidad, había sido la inspiración y, a su muerte, los tres hermanos Worth ayudaron a crear la fundación, que había llegado hasta los corazones de todos los habitantes de Red Ridge.

Sin embargo, la invitación de quedarse en el rancho le produjo cautela. Había esperado poder guardar las distancias con Jackson y parecía que estaba perdiendo la batalla. Además, sintió un repentino sentimiento de culpabilidad. No le había mentido abiertamente a Callie sobre lo que pasó con Jackson en Las Vegas, pero, cuando hablaban al respecto, siempre esquivaba el tema y le ocultaba la verdad. Estar en la misma sala con Jackson y Callie le quebraría los nervios.

—Estoy segura de que tienes planes para el sábado por la noche –dijo Sammie esperanzada.

—En realidad, estoy libre.

En aquella ocasión, fue el teléfono móvil de Sammie el que empezó a sonar. No tuvo que mirar la pantalla para saber que se trataba de Callie. Y sabía exactamente lo que ella le iba a decir.

—Te quedarás con nosotros –dijo Callie cuando llevaban unos minutos hablando, lo que demostró que Sammie había estado en lo cierto–. En nuestra casa. Jackson se quedará con Clay.

—Callie, te quiero mucho, pero no deseo molestaros a Tagg y a ti.

—Y no nos vas a molestar. Me encantaría tener un poco de compañía femenina.

La casa de Tagg y Callie estaba situada a los pies de las montañas, en el lugar original que se construyó la casa de los Worth en el siglo XVII. Clay y su familia vivían en una parcela mayor de tierra en la que estaban el ganado, los corrales y los edificios anejos. Todo ello formaba parte de la finca de los Worth. Tagg se ocupaba de la cría de caballos y Clay de la del ganado. Jackson era el gestor y el empresario de la familia.

—Te quedarás el fin de semana… Vamos, dime que te quedarás. Por favor…

—Está bien –dijo Sammie inmediatamente. No podía decepcionar a su mejor amiga.

Capítulo Tres

–¡Bien! ¡Estoy encantada de que estés aquí para pasar todo el fin de semana!

Callie, cuyo embarazo estaba ya muy avanzado, abrió la puerta principal antes de que Sammie tuviera oportunidad de llamar. Callie la abrazó tan estrechamente como se lo permitió su abultado vientre. Tenía el rostro radiante, iluminado por el embarazo.

Sammie sonrió. Las dos se habían conocido y se habían hecho amigas mientras estudiaban en Boston.

–Te he echado tanto de menos. Me muero de ganas de que nos sentemos juntas a charlar para ponernos al día.

Los ojos de Sammie se llenaron de lágrimas. Callie era lo más cercano que tenía a una hermana. Aquella calurosa bienvenida le llegó muy dentro. No había experimentado tanto amor desde la muerte de su padre. Su madre falleció cuando ella era muy pequeña, por lo que Sammie y su padre habían estado muy unidos.

–Yo también te he echado de menos.

–Además, el momento es adecuado, ¿verdad? ¿Os estamos impidiendo a Jackson y a ti avanzar en vuestro trabajo?

–El momento es perfecto –repuso Sammie, a pesar de haber sentido palpitaciones al escuchar su nombre emparejado con el de Jackson. Se recobró rápidamente para que Callie no sospechara nada por su reacción.

Miró a Tagg, que se había acercado al coche para saludar a Jackson. Los dos hombres se pusieron a charlar mientras Jackson sacaba la pequeña maleta de Sammie del maletero.

Cuando se dio la vuelta, se percató de que ella lo estaba observando. Sammie volvió a experimentar una extraña sensación. Jackson la observó un segundo. Se fijó en los botines negros que llevaba puestos, con unas cintas al estilo griego alrededor de las pantorrillas. Las botas complementaban perfectamente el vestido negro con flores blancas que llevaba puesto. Un sencillo collar de plata le colgaba del cuello, a juego con los pendientes.

Fue como si Jackson no se hubiera fijado en nada más que en las botas. En aquellos momentos, su mirada recorría lentamente las piernas, el vestido, hasta subir y mirarla directamente a los ojos.

En aquel instante, pareció detenerse el tiempo.

Sammie estaba decidida a que Tagg y Callie no se enteraran de lo que había ocurrido entre ellos. Se juró que superaría aquella locura que sentía hacia Jackson de alguna manera. Por ello, fue la primera en romper el contacto visual.

Callie le tomó la mano.

–Vamos dentro. Quiero mostrarte la habitación del bebé. Tagg ya la tiene preparada.

–Me muero de ganas de verla. He estado tratando de imaginármela por lo que me ibas contando.

–He estado aburriendo a todos los que conozco con ese tema, pero confía en mí. Ver es creer y creo que te va a gustar. Es una combinación de lo que más nos gusta a Tagg y a mí.

–¡Qué suspense!

Avanzaron por el pasillo. Muy pronto, Sammie notó el sutil aroma de los pañales limpios y de los productos de aseo para bebé. Callie entró en una soleada habitación y ella la siguió. Al hacerlo, se vio transportada al mundo de los rodeos al estilo de los bebés. Las paredes estaban pintadas de un color beis muy delicado, combinado con tonos marrones y azules. Una parte de las paredes estaba decorada con deliciosos corderitos, cabras y pollitos dentro de un corral. La otra parte era un mural del corral donde se celebran los rodeos y se veían simpáticos toros y hermosos sementales negros. Una réplica de la hebilla del campeonato ocupaba el centro de la pared, justamente encima de la cuna, grabada con el nombre de Rory Worth.

Sammie se quedó boquiabierta.

–Callie, ¡es precioso! ¡Es la mejor habitación de bebé que he visto nunca!

–Gracias. Estamos muy contentos con cómo nos ha quedado.

–Nunca había visto nada como esto. ¿Lo has pensado tú sola?

–Sí, fue idea mía, pero Tagg también tuvo algo que decir al respecto. Nos divertimos mucho eligiendo los muebles para la habitación. No obstante, el mérito de la pintura no me lo puedo llevar yo. Lo hizo un pintor profesional. Ahora que ya está todo preparado, me muero de ganas de ver a mi hijo –susurró Callie mientras se acariciaba suavemente la barriga. Entonces, abrió los ojos con una expresión de alegría en ellos–. ¡Ay! ¡Me acaba de dar una patada! ¡Aquí!

Tomó la mano de Sammie y se la colocó encima del vientre. La mano de Sammie se movió por el fuerte impacto de la patada.

–¡Vaya! –exclamó asombrada por la vida que notó en aquel movimiento–. Este niño está preparado para montar potros salvajes.

–Es muy activo y me mantiene despierta la mayoría de las noches. Da muchas patadas.

Sammie no había abandonado la idea de tener hijos. Quería tenerlos algún día, pero ese día parecía posponerse cada vez más. En primer lugar, tenía que rediseñar su vida. Tenía que centrarse en crear un hogar en Arizona y en sacar adelante sus negocios. Si venían, los hijos tendrían que hacerlo mucho más tarde. Ese pensamiento la entristeció bastante, por lo que se dio prisa en apartarlo.

–El bebé es fuerte y sano, Callie.

–Yo también lo creo. Estoy tratando de hacer todo lo que es bueno para él.

–Lo sé. Tu padre no crió a una remolona.

Callie se entristeció inmediatamente.

–No…

Sammie se dio cuenta inmediatamente de que

había metido la pata. Unos pocos meses atrás, Callie había tenido que elegir entre el amor que sentía por Tagg y su padre, Hawk Sullivan. Los dos hombres eran rivales en los negocios y se odiaban el uno al otro.

–Siento haber sacado ese tema…

–No importa. Mi padre no cambiará nunca, pero creo que se está suavizando un poco. Espero que cuando llegue el bebé se dé cuenta del error de su manera de ser y quiera formar parte de nuestras vidas.

–¿Y a Tagg le parecerá bien?

–¿Tagg? Estoy empezando a creer que es mucho más razonable al respecto. En lo que se refiere a mi padre, confía en lo que yo le digo. Contar con la confianza de Tagg significa mucho para mí. Mi marido sabe que, ocurra lo que ocurra, nuestro hijo es lo primero.

–Me alegro mucho, Callie. Tagg y tú habéis pasado por mucho –comentó. El bebé dio otra patada y Sammie le acarició el vientre a su amiga antes de apartar la mano–. Tienes una vida muy fuerte ahí dentro, Callie.

–Ven a la cocina mientras preparo la cena. Así me lo podrás contar todo de Boot Barrage. No me quiero perder ni un detalle.

Callie sonrió mientras las dos amigas se dirigían a la cocina..

***

–¿Cómo está hoy el pequeño Rodeo Rory? –preguntó Jackson cuando entró en la cocina. Se colocó junto a Callie, que estaba cortando pepinos para la ensalada, y le dio un beso en la mejilla.

–Deja de llamarle así y estaremos mucho mejor –replicó ella con un adorable gesto de enojo en los labios.

Sammie estaba cortando los tomates y sonrió al escuchar la conversación.

–Es que me paga Tagg para que se lo llame –replicó Jackson en defensa propia.

–Pues yo te pagaré más para que no lo hagas –dijo Callie.

–¿Cuánto más?

Callie miró a Sammie de reojo y chascó la lengua.

–¿Te puedes creer a este hombre? ¿Negociando sobre su futuro ahijado?

–Es lo peor, si quieres saber mi opinión –bromeó Sammie, chascando también la lengua– yo jamás sería capaz de hacer algo así.

Jackson la miró y sonrió. Entonces, robó un trozo de pepino del montón, se lo metió en la boca y dio un paso atrás antes de que Callie pudiera darle un manotazo.

–¡Eh! Échale la culpa a Tagg y no a mí.

En ese preciso instante, Tagg apareció en la puerta de la cocina. Se apoyó contra el umbral y miró con adoración a Callie.

–Déjame fuera de esto, hermano. Yo vivo aquí, ¿te acuerdas? –dijo Tagg.

–Y Rory también. Pobre niño. Estará en el instituto y seguirá soñando con corderitos y cabras.

Callie sacudió la cabeza con desaprobación.

–Tal vez sueñe con montar a Razor el toro y ganar la hebilla del campeonato –repuso Tagg.

–Eso sí que es una pesadilla –opinó Callie. Echó la lechuga en un bol junto a los trozos de tomate–. No se te ocurra meterle en la cabeza a nuestro hijo lo de montarse en un toro.

–¿Yo? De ninguna manera –contestó Tagg. Se acercó a Callie y le rodeó la cintura con un brazo–. Cielo, ya sabes que ese niño va a montar potros salvajes. Tal vez incluso dome algunos de mis sementales aquí en el rancho.

Callie se mordió el labio inferior y miró a Tagg a los ojos con tanto amor que Sammie estuvo a punto de derretirse.

–Sí, claro. Se me había olvidado.

Entonces, Callie sacudió la cabeza y miró a Sammie como para decirle que aquello no iba a ocurrir nunca.

Sammie se echó a reír. Jackson sonrió y Tagg le dio un beso a Callie, justo antes de que ella anunciara:

–La cena está lista, Tagg. ¿Me puedes echar una mano mientras que Jackson y Sammie toman asiento en el comedor?

–Yo te ayudaré a servir –anunció Sammie, y tomó los guantes para sacar la comida del horno, lo que no le dejó a Tagg más opción que la de marcharse–. Será como en los viejos tiempos.

–Me parece bien –replicó Tagg. Sacó dos cervezas del frigorífico y le dio una a Jackson.

–Tengo que ponerme al día con los ocho meses de mimos que le debo a mi amiga –comentó Sammie–, y voy a empezar ahora mismo.

Callie sonrió.

–Te aseguro que me han estado mimando mucho.

–Pero yo no.

No solo quería ayudar a Callie y sentirse parte de aquella familia. Cuanto menos tiempo pasara con Jackson, mejor. Era lo mejor que le podía pasar.

Hasta que, cuando los hombres se marcharon de la cocina, Callie le comentó:

–Parece que Jackson y tú os lleváis bastante bien.

–Sí, así es –respondió ella mientras sacaba el asado del horno. Sabía que aquella conversación iba a tener lugar tanto si quería como si no.

–Tiene una buena cabeza para los negocios. Con tus ideas y su apoyo, estoy segura de que Boot Barrage será un éxito.

–Gracias –dijo Sammie con la esperanza de que aquella conversación no se prolongara. No quería mentir a Callie.

–Es decir, Jackson es un buen tipo y sería un buen aliado.

–Sí… –comentó ella mientras levantaba el papel de aluminio del asado–. Esto tiene muy buena pinta.

–Es el favorito de Jackson. Mi cuñado tiene un poco de mal genio en ocasiones, pero tiene muy buen corazón.

Callie no iba a dejarlo estar, por lo que Sammie se sintió obligada a seguir con la conversación.

–Bueno, una cosa sé segura. Yo no tendría negocio si no fuera por vosotros dos. Estoy en deuda con los dos.

–A mí ya me has dado las gracias más de lo que debes, Sammie. No debes nada a nadie. Si Jackson no creyera que tu negocio tiene posibilidades, dudo que se hubiera asociado contigo.

–¿De verdad? Creía que era porque tú no hacías más que retorcerle el brazo para convencerlo.

Callie soltó una carcajada.

–Eso también. Él no se atreve a contrariar a las embarazadas. Al menos, eso es lo que me ha dicho una docena de ocasiones. Con él, se puede decir que tengo carta blanca –comentó. Cubrió la cesta del pan con una servilleta y terminó de aliñar la ensañada–. En realidad, quiero a Jackson como si fuera un hermano y ya sabes lo mucho que te quiero a ti. Me imaginé que los dos os podíais llevar bien sin ese problema.

–¿A qué problema te estás refiriendo? –preguntó Sammie sin poder contener la curiosidad.

–El problema de que tú eres demasiado lista como para enrollarte con él, ya sabes.

–Ah, ese –dijo Sammie, casi sin poder articular palabra.

Callie le entregó un tenedor y un cuchillo para que comenzara a trinchar el asado.

–Es muy guapo y encantador, pero no es…

–Mi tipo –replicó Sammie, tranquila de no estar

41

mintiendo. Resultaba evidente que Jackson estaba fuera de su alcance.

Callie suspiró aliviada.

–Me alegro de oír eso. Las intenciones de Jackson son buenas y él jamás tiene intención de hacerle daño a nadie, pero es un rompecorazones. Todo tiene que ver con una chica por la que se volvió loco en el instituto. Se llamaba Blair Caulfield. Desde que ella lo dejó cuando tenía diecisiete años, Jackson ha tenido fobia al compromiso. Jamás ha tenido una relación duradera. Sin embargo, las mujeres lo adoran. Vamos, ¿cómo podía ser de otro modo? Sin embargo, él jamás ha querido sentar la cabeza con nadie. Por lo tanto, cuando una mujer se pone seria con él, corre el riesgo de llevarse una desilusión.

–Si me estás advirtiendo sobre Jackson, no es necesario. Lo sé.

–Es por tu propio bien. Después de lo que te pasó con ese canalla de Allen… No me gustaría ver cómo te vuelven a hacer daño. Después de todo, tú eres ahora parte de la familia.

Sammie se relajó. Verse aceptaba como miembro de la familia de Callie era lo que deseaba de verdad. Oír cómo ella lo decía le iluminó el corazón.

–¿De verdad?

–Sí, por supuesto. Ahora, vamos a dar de comer a esos hombres tan hambrientos. Se ponen muy gruñones si no se les da de comer.

Sammie y Callie tomaron los platos y los llevaron al comedor.

***

–Venga, levantaos para bailar.

El comentario de Callie hizo que Jackson soltara una carcajada. Apartó los ojos de su cuñada para mirar a Sammie y luego sacudió la cabeza. La última vez que había bailado con ella, habían terminado en la cama.

–No, gracias. Creo que Tagg y yo seguiremos sentados aquí para disfrutar del espectáculo –dijo él reclinándose en el sofá y estirando las piernas.

–Y tú, cariño, tienes ahora un mejor compañero de baile que yo –añadió Tagg.

Callie se colocó la mano sobre el vientre y meneó el cuerpo al ritmo de la música country que resonaba en la sala.

–Creo que en eso tienes razón, tesoro.

Las mujeres estaban frente a la chimenea con unas copas de sidra en la mano y meneando las caderas con la música.

–Si esto ayuda a que Rory se duerma, voy a hacer mi papel de madrina. Ya sabrá el bebé a cuál de sus padrinos debe acudir cuando necesite algo –comentó Sammie dirigiendo sus palabras a Jackson.

–Crees que eres muy lista, ¿verdad? –comentó él.

–Es mucho más que lista –replicó Callie para defender a su mejor amiga–. Y sabe moverse con la música. ¡Ay! Al bebé le encanta esto y a mí me alegra no tenerlo dándome patadas. Creo que quiere salir ya.

43

Jackson se tomó el vino. Le resultaba cada vez más difícil observar cómo Sammie bailaba y meneaba su cuerpo sin esfuerzo. Callie y ella se estaban divirtiendo de un modo muy inocente, acunando al bebé y disfrutando de la música, pero a él le estaba costando mucho mantener los ojos apartados de ella.

No hacía más que pensar en la noche en la que hicieron el amor. La piel de Sammie era firme, pero suave a la vez. Sus pechos eran pequeños, pero perfectamente redondeados. Le llenaron perfectamente primero las manos y la boca a continuación, cuando bebió de ellos. El deseo que había sentido por ella había sido incontenible. Cuando por fin consiguió saciarlo, ella no le desilusionó. Al recordar aquellos momentos, la entrepierna comenzó a despertársele.

–¿Te ocurre algo? –le preguntó Tagg en voz baja–. Tienes baba en los labios.

Jack apartó la cabeza de las dos mujeres y se pasó el reverso de la mano por la boca para limpiarse.

–No te preocupes. No me ocurre nada.

–¿Estás seguro? –le preguntó Tagg muy preocupado–. He visto antes esa expresión en tu rostro.

–No sé de qué me hablas, Tagg. Y si la hubiera, no sería asunto tuyo.

–Pero no la hay, ¿verdad?

–Eso es lo que te acabo de decir –repuso Jackson algo molesto.

–Está bien –dijo Tagg. Agarró la botella de vino y volvió a llenar las copas de ambos.

–¿Qué es lo que vosotros dos estáis susurrando por ahí? –les preguntó Callie mientras Sammie y ella se acercaban bailando hasta el sofá. Justo en aquel momento, la canción terminó.

–Estaba a punto de preguntarle a Jackson si había hecho algún progreso con la tierra a la que está deseando echarle el guante.

–Ah, sí. ¿Y cómo va eso? –le preguntó Callie.

–No muy bien –contestó Jackson. Se apartó un poco para que las dos mujeres pudieran sentarse en el sofá. Callie tomó asiento junto a Tagg, por lo que Sammie prácticamente tuvo que sentarse encima del regazo de Jackson–. Ayer descubrí quién era la dueña de esas tierras.

–¿Qué tierras? –preguntó Sammie.

–Son unas tierras que Jackson lleva mucho tiempo queriendo añadir al rancho Worth. Cuéntaselo, Jackson –le dijo Callie.

Jackson se movió un poco para que ella pudiera acomodarse mejor.

–Hay que remontarse a los tiempos en los que el rancho Worth estaba empezando. Al otro lado del lago Elizabeth hay un terreno muy bonito que no es nuestro. Durante años y años, mi padre trató de comprarlo pero el dueño jamás quiso vender.

–¿Por qué no?

–Era un viejo testarudo que afirmaba que su tierra era suya y que ninguna cantidad de dinero iba a conseguir que vendiera.

–No queremos que nadie construya en esas tierras –añadió Tagg.

–¿Y acaso alguien lo está intentando? –preguntó Sammie.

–Bueno, sí –contestó Jackson–. Durante años, se han escuchado rumores de que una inmobiliaria quiere construir casas de precio tasado junto al lago. Nunca se ha hecho nada, pero ahora las cosas han cambiado.

–¿Cómo? –quiso saber Sammie.

Jackson apretó los labios.

–Porque el viejo Pearson Weaver ha vendido la tierra delante de mis narices. Ese viejo canalla ni siquiera me dio la oportunidad de hacerle una oferta. Y la persona que lo ha comprado ha regresado a la ciudad con un propósito.

Tagg frunció el ceño.

–¿Quién ha comprado la tierra?

Jackson se había dicho mil veces que había conseguido olvidarla. No había vuelto a verla desde que ella se marchó de la ciudad hacía más de catorce años, aunque había escuchado que ella había regresado para visitar a su tía Muriel entre marido y marido.

Sin embargo, resulta difícil olvidar el primer amor, sea este bueno o malo. En aquellos momentos, ella tenía la tierra que la familia Worth deseaba y estaba allí, en Red Ridge. Jackson no quería pensar en ella y mucho menos decir su nombre en voz alta.

–Blair Caulfield.

Capítulo Cuatro

Sammie se pasó la mañana siguiente con su mejor amiga y disfrutó de cada instante poniéndose al día de todo lo que le había pasado. Cuando Callie se fue a descansar, ella se quedó sola. En ese momento, estaba apoyada contra la valla del corral observando los caballos.

—¿Dónde está Callie?

La voz de Jackson la sobresaltó. Sammie se dio la vuelta y vio que él estaba acercándose.

—Pensaba que hoy no os separaríais ni un solo instante.

—Está descansando un poco ahora. Más tarde nos vamos a ir de compras a Red Ridge.

—¿Sí? ¿Algo especial?

—No. Las mujeres no necesitamos ninguna razón especial para ir de compras.

Jackson se volvió para observar su irónica sonrisa y sacudió la cabeza.

—No eres tan dulce como pareces, Sammie Gold.

—Dios, espero que no. Me han dicho que parece que tengo quince años.

—¿Y diste las gracias por el cumplido?

Sammie se quedó boquiabierta.

—No. Ojalá se me hubiera ocurrido hacerlo.

–Y no parece que tengas quince años –comentó Jackson mirándola de arriba abajo a placer, como si tuviera todo el derecho. Sammie se sintió completamente desnuda–. En absoluto.

–Sin embargo, según tú, ni soy mona ni dulce. Me hace pensar qué es lo que realmente soy.

–¿Estás buscando que te haga un cumplido?

–Tal vez –dijo Sammie.

Jackson miró los pantalones vaqueros que ella llevaba puestos y que se metían a duras penas por debajo de unas botas color café. Tragó saliva y volvió a mirarla a los ojos.

–Si te dijera la verdad, tendría que matarte.

–Es un modo muy cobarde de esquivar el problema.

–No lo es, Sammie. Te aseguro que no me acuesto con cualquiera. Tal vez te sorprenda, pero elijo muy bien.

–Lo que significa que, conmigo, hiciste una excepción.

–No fue así y lo sabes.

Sammie no quería hablar de lo ocurrido en Las Vegas, pero no pudo evitarlo.

–Lo qué sé es que yo me insinué aquella noche. ¿Acaso puedes culpar a una mujer de hacerlo? Si fueras una medicina, serías la píldora perfecta para mujeres necesitadas.

–Bueno, me gustaría considerarme mucho más que eso… –comentó él, algo molesto.

–Jackson, lo siento. No me he explicado bien. Sé que eres mucho más que eso...

–Mira, para que conste, te encuentro mona, dulce y muy divertida. Aunque no te lo creas. Aquella noche, me volví loco por ti. Fue algo mutuo. Y si las circunstancias fueran diferentes...

–¿Qué?

–Mira, esto me resulta algo violento…

–A mí me lo vas a decir.

Jackson levantó la cabeza, apretó los labios y miró a Sammie a los ojos.

–No quiero hacerte daño, eso te lo aseguro. Me empiezo a poner nervioso en el momento en el que una mujer quiere que conozca a su familia, que vaya a comprar muebles o que me tome unas largas vacaciones a su lado. No me tomo las cosas en serio. Yo no… tengo relaciones duraderas. Lo de los finales felices se lo dejo a mis hermanos.

A pesar de que ya sabía que era así como funcionaba Jackson, Sammie se quedó asombrada al saber que él la encontraba guapa y deseable. Al menos, aquella noche.

–¡Eh, vosotros dos!

Era Tagg. Los dos giraron la cabeza hacia él, al ver que se acercaba, Sammie se alejó discretamente de Jackson. Tagg los miró con cierta curiosidad.

–Hola, Tagg –le dijo Sammie con una enorme sonrisa.

–¿Estás listo para dar tu paseo a caballo? –le preguntó Jackson.

–Por supuesto que sí –dijo Tagg–. Hace mucho tiempo que no montamos juntos. Te invitaría a ti también, Sammie, pero Callie me ha dicho que os vais de compras. Parece que no quiere que le quede ni un solo trajecito de bebé sin comprar.

Sammie se echó a reír.

–¡Eh! Me ha dicho que tú no te llevas mucho con ella.

Tagg sonrió.

–No mucho. Hago lo que puedo, eso es cierto. Los dos parecíais estar hablando teniendo una conversación muy profunda. ¿He interrumpido algo sobre vuestros negocios?

–No, nada importante. Tan solo estábamos charlando un rato –dijo Jackson mirándolo a los ojos–. Y esperándote. ¿Estás listo?

–Sí. Voy a sacar a Wild Blue. Tú puedes sacar a la yegua de Callie. La pobre está muy sola desde que Callie ha dejado de montarla.

–Haré lo posible por conseguir que la señorita se sienta cómoda –dijo Jackson.

Tagg sonrió.

–Esa es tu especialidad.

Jackson no hizo comentario alguno, pero lanzó a su hermano una mirada de advertencia.

–Hasta luego, Sammie –dijo con una leve inclinación del sombrero.

–Dile a mi esposa que deje algo en Red Ridge para el resto de los compradores –comentó Tagg mientras le guiñaba el ojo a Sammie.

Ella se echó a reír.

–Se lo diré. Que lo paséis bien.

Los hombres se dirigieron al establo mientras que Sammie se encaminaba hacia la casa. Tenía muchas ganas de irse a comprar con su mejor amiga. Además, se sentía eternamente agradecida de no tener que pasar la tarde con Jackson. Le bastaba con tener que cenar con él.

–Me encanta lo que habéis hecho con Penny's Song –comentó Sammie mientras recorrían el pequeño rancho.

Había estado allí antes, pero no recordaba haber visto en él tanta actividad. Niños de varias edades trabajaban con los voluntarios.

–En realidad, es el trabajo de Clay y Trish. Tagg, Callie y yo nos hemos limitado a echar una mano cuando hemos podido –dijo Jackson.

Los cuatro entraron en el patio para reunirse con Trish, Clay y la niña que habían adoptado.

–Bienvenidos todos –dijo Trish, con el bebé en brazos.

Jackson la presentó.

–Trish, esta es Sammie Gold.

–Sammie, me alegro mucho de conocerla por fin. Y enhorabuena por tu negocio de botas. Me encantan. Yo llevo botas casi siempre.

–En ese caso, tendremos mucho de lo que hablar –comentó Sammie antes de centrarse en el bebé. Era una niña rubia, de ojos azules y de mejillas sonrosadas–. Es preciosa.

–Gracias. Qué nos vas a decir a nosotros. Se llama Meggie.

–Hola, Meggie –dijo Sammie con una sonrisa.

Jackson acarició la cabeza de la pequeña con mucha delicadeza.

–¿Cómo está la princesa hoy? –le preguntó mientras se inclinaba sobre ella y le daba un besito en la cabeza.

La suavidad de su voz y la delicadeza de sus gestos sorprendieron a Sammie. Algo se quebró dentro de ella. No quería ver el lado más tierno de Jackson Worth.

–Muy bien, tío Jackson –dijo Trish.

–Recuerda –le recomendó él muy serio a la pequeña–, nada de novios hasta que no estés en la universidad.

Clay soltó un gruñido.

–Más bien hasta los treinta, y eso si me gusta el tipo en cuestión.

–Eres un padrazo –comentó Jackson con una sonrisa.

–Lo sé. Es que esto es genial. Deberías probarlo algún día, hermanito.

Jackson negó con la cabeza.

–Tengo a Meggie y a Rory para mimarlos. Así me quito las ganas. Eso me recuerda que he traído esto para Meggie –añadió tras meterse la mano en el bolsillo de la camisa y sacarse un pequeño estuche. Entonces, le entregó la cajita a Trish–. ¿Quieres hacer los honores?

–¿Le has comprado a Meggie otro regalo?

–¿Acaso los tíos no estamos para eso?

–Eres un tío fabuloso para Meggie, pero no porque le des regalos –afirmó Trish.

–Eso no le viene mal. Es que quiero ser su tío favorito.

Trish sacudió la cabeza y abrió el estuche. Sacó una preciosa pulserita de su interior. Tras abrir el minúsculo broche, se la colocó a la pequeña en la muñeca.

–Es preciosa, Jackson –susurró Trish muy emocionada. Entonces, se puso de puntillas y le dio un beso en la mejilla–. Gracias.

Sammie miró a Jackson y, durante un instante, los ojos de ambos se encontraron. Los de él estaban llenos de amor por la pequeña Meggie, por lo que Sammie sintió una extraña sensación el pecho.

Saludaron a los niños y niñas y a sus padres. En ocasiones, se les confundió con una pareja de recién casados. Sammie dejó que fuera Jackson el que aclarara el malentendido. Por supuesto, lo hizo con facilidad y con su encanto natural.

El aroma de la colonia de Jackson la envolvía y, de vez en cuando, los hombros de ambos se rozaban cuando se inclinaban para hablar con un niño. Sammie se tensaba y fingía que no lo había notado.

Cuando llegó la hora de la representación, ella se sentó en uno de los largos bancos de madera. Tagg se sentó a su lado y, como Callie necesitaba estar junto al pasillo para estirar las piernas, Jackson rodeó el banco y fue a sentarse al lado de ella.

–Es una noche muy bonita para una representación. El tiempo está aguantando –comentó Jackson mientras estiraba el brazo por el respaldo del banco detrás de ella.

Fue un gesto inocente, pero ella se tensó al notarlo.

—Relájate, Sammie —dijo Jackson.

—Estoy relajada —replicó ella

Él se rio en silencio. Maldito fuera.

Jackson recibió una llamada de teléfono y se excusó cuando el espectáculo terminó. Sammie se dirigió al aparcamiento con los demás.

—Los niños lo han hecho fenomenal —les dijo Sammie a Clay y a Trish—. Gracias por la invitación. Veo que habéis puesto mucho en este rancho.

—Es nuestro mayor logro aquí en el rancho —admitió Clay.

Se dio la vuelta al escuchar la voz de Jackson.

—¿Ocurre algo? —le preguntó ella.

—No te asustes, ¿de acuerdo?

El corazón le dio un salto en el pecho. ¿Cuántas veces en su vida había escuchado aquello? Y en cada una de ellas ciertamente había habido motivo para asustarse.

—Termino de hablar por teléfono con Justin. Ha habido un incendio en la tienda. Llevaban trabajando toda la tarde y de repente ha ocurrido. Llamaron a los bomberos. Justin lo atribuye al cableado. Las máquinas comenzaron a soltar chispas y todo empezó a arder.

—¡Oh no! ¿Hay heridos?

—No. Esa es la buena noticia, pero debería ir allí. Si quieres quedarte aquí con Callie…

—No. Quiero ir contigo. Debería ver lo que ha ocurrido.

***

Cuando Jackson y Sammie llegaron a la tienda, los bomberos ya se habían marchado. Los hombres de Justin habían cubierto de tablones el escaparate, que había saltado por los aires. De las paredes del lado izquierdo del local habían quedado tan solo las vigas. Además, todo el trabajo que se había hecho hasta entonces estaba destruido.

Al ver cómo estaba el local, Jackson soltó una maldición. Sammie sintió que se le hacía un nudo en la garganta. El lugar que había sido su tienda había quedado reducido a un montón de cenizas. El humo aún flotaba en el aire, dándole un olor repugnante. Sammie no pudo contener las lágrimas.

–Venga, venga… –susurró Jackson–. Podemos enfrentarnos a esto. No llores…

–Lo intento –sollozó ella–, pero todo está destruido...

–No hay nada que no se pueda arreglar o reconstruir.

–¿De verdad?

–Eso es lo que ha dicho Justin.

–Va a costar mucho dinero...

–Sí.

–Podría haber sido peor –admitió ella–. Al menos, no resultó nadie herido. Y tenemos seguro.

–Así es –contestó él con una sonrisa.

Sammie ya lo sabía, pero resultaba reconfortante escucharlo de labios de Jackson.

–Los chicos se ocuparán de la limpieza mañana. Esto solo debería retrasarnos un poco, Sammie. No es el fin del mundo.

–No, no lo es. El problema es que ya había empezado con la publicidad para la inauguración. Me están haciendo unos panfletos y voy a poner un anuncio en el periódico.

–Bueno, pues haremos los cambios necesarios –suspiró él–. Ahora, deberíamos marcharnos de aquí. El humo es bastante espeso y me vendría bien algo de beber. ¿Tienes algo de alcohol en tu casa?

En circunstancias normales, Sammie no habría tentado al destino accediendo a tomar una copa con Jackson en la intimidad de su apartamento. La última vez que estuvieron solos con el alcohol de por medio, ella terminó en su cama. Sin embargo, aquella noche necesitaba un amigo y Jackson tenía unos hombros muy firmes en los que apoyarse.

–Tengo vino.

–Gracias. Me encantaría una copa.

Jackson le tomó la mano a Sammie y la sacó del local. Ya se ocuparían de todo al día siguiente. Aquella noche, lo que se merecían era una copa de vino.

Sammie se sentía mucho mejor cuando llegaron al apartamento. Llevaba muy poco tiempo allí, pero cada vez que entraba en su casa, le parecía más y más un hogar.

–Siéntate –le dijo ella–. Puedes dejar tu equipaje por aquí.

Jackson dejó la bolsa donde ella le había indicado, pero no se sentó. La siguió a la cocina y se reclinó sobre la encimera para observarla.

Ella sacó una botella de vino y se puso a buscar un sacacorchos. Cuando lo encontró, Jackson se acercó a ella y se lo quitó de las manos.

–Permíteme.

Ella le dio la botella y sacó una copa de un armario.

Cuando Jackson terminó de abrir la botella, indicó con la cabeza la única copa que había en la encimera.

–¿Tú no vas a beber?

–No.

–Eso es ridículo –replicó él. Sacó otra copa del armario y sirvió un poco de vino–. No quiero beber solo.

Sammie abrió la boca para protestar y entonces se lo pensó mejor. Ciertamente se podía tomar unos sorbos de vino con Jackson sin temor a perder la cabeza y volver a acostarse con él.

–Tenemos un pacto, ¿recuerdas?

Ella le quitó la copa de la mano.

–Está bien, sé que estoy comportándome de un modo ridículo. Siéntate.

Jackson tomó asiento en un sillón mientras ella lo hacía en el sofá. Todo estaba en silencio. Él dio un sorbo de vino y se relajó. Sammie también.

–¿Te has divertido en el rancho? –le preguntó.

Sammie sonrió.

–Sí. Estuvo genial pasar un tiempo con Callie. A partir de ahora, la voy a ver más frecuentemente y cuando el bebé nazca, seguramente seré una pesada porque querré verlo todo el tiempo. Me muero de ganas de conocerlo.

–¿Es que quieres dejarme en mal lugar como padrino?

–No debería ser una competición –dijo Sammie fingiendo seriedad.

–Pero es más divertido cuando competimos –repuso Jackson dedicándole una sensual mirada que la volvió loca. Entonces, bajó la voz y se inclinó hacia ella–. ¿Quieres jugar?

Sammie tragó saliva y trató de controlar el deseo que la consumía.

–Claro. No me da miedo enfrentarme a ti.

Jackson levantó las cejas y dejó que su mirada fluyera sobre ella como la miel caliente.

–Es una manera de decirlo.

Sammie dejó la copa de vino sobre la mesa. Ya no iba a beber más alcohol aquella noche. Jackson ya resultaba lo suficientemente tentador como para que ella permitiera que el vino le relajara aún más.

–Estoy un poco cansada, Jackson.

–Eso indica que quieres que me marche –dijo él. Vació su copa de un trago y se levantó–. Ha sido una noche muy larga.

Ella lo acompañó hasta la puerta.

–Gracias por hacer que me sintiera mejor con lo del incendio. Sé que tú también estabas disgustado. Me has apoyado mucho y…

–Sammie… –dijo él. Se dio la vuelta y la interrumpió. Entonces, le rodeó la cintura con un brazo y la estrechó contra su cuerpo. Suavemente, le puso la mano en la mandíbula y le hizo levantar la cabeza.

Cuando rozó los labios de Sammie con los suyos, la exquisita sensación se le dirigió directamente al vientre. Para ella, el beso fue una sorpresa que le aceleró alocadamente los latidos del corazón. La calidez de su boca era como el terciopelo y, después de la sorpresa inicial, Sammie se dejó llevar.

Jackson le deslizó la mano por la garganta y le rozó la clavícula. Ella sentía un agradable hormigueo en la piel por aquellas suaves caricias. Mientras Jackson enredaba los labios con los de ella, los dedos bajaban al valle entre los pechos. Le acarició suavemente la piel y luego hizo lo mismo con los pezones, haciendo que estos se pusieran erectos. En ese momento, ella abrió los ojos de par en par. Sus caricias eran exquisitas, excitantes. El cuerpo de Sammie ardía de necesidad. Quería que Jackson le acariciara por todas partes. Quería que su cuerpo cubriera el de ella. Quería sentir por fin lo que era tener dentro a Jackson Worth. Un suave gemido se le escapó de los labios. Se sorprendió cuando rompió el beso.

–No… no podemos hacer esto –susurró ella–. Hicimos un trato.

Jackson se detuvo en seco y la miró con una expresión de dolor en el rostro. Entonces, parpadeó y asintió.

–Lo sé. Te lo creas o no mi intención era tan solo la de darte un beso de buenas noches.

—Jackson...

—Estoy siendo sincero, Sammie. A ti no pareció importarte y esta vez no puedes decir que fue el alcohol.

—No, no fue el alcohol.

—Está bien —dijo él con un fuerte suspiro—. Me alegro que hayas tenido el sentido común de detenerme porque, si hubieras tardado un segundo más, habría sido tarde. Te habría tomado en brazos y te habría llevado a tu dormitorio.

Sammie tragó saliva. Se imaginó a Jackson en su cama haciéndole el amor. Lo había visto desnudo y era digno de admiración.

—¿No puedes ser un poquito menos sincero?

—Mira, vamos a olvidar que te he besado esta noche. Me gustaría pensar que puedo mantener mi parte del trato.

—Está bien. Me olvidaré del beso.

—Está bien, tesoro. Ya tenemos otro trato.

—Así es —replicó ella mirándole la boca. Decidió contenerse porque aquello solo podría ocasionarle problemas—. Hasta mañana. Una cosa más, Jackson...

—¿Sí?

—Al menos ese beso me hizo olvidarme del fuego.

—Me alegro, nena —dijo él. Volvió a mirarle los labios y luego se volvió a fijar en las botas que llevaba puestas. Entonces, sacudió ligeramente la cabeza antes de marcharse.

Capítulo Cinco

Jackson salió de su coche dando un portazo y se dirigió hacia el ascensor que lo llevaría a su despacho. Aquella mañana, había estado hablando detalladamente con el capataz de la obra sobre lo que habría que arreglar y después había llamado a la agencia de seguros para comprobar que ellos se hacían cargo de las pérdidas. A la hora de comer, tuvo que salir a almorzar con un aburrido político, del que se despidió lo más rápidamente que pudo. Era mejor que regresara a su despacho y tratara de terminar la larga lista de tareas que debía hacer ese día. No obstante, no podía dejar de pensar en Sammie y en el beso que los dos habían compartido.

Quería purgar aquel recuerdo de su memoria y seguir con su vida. Olvidarse del beso y recordarse que no podía seducirla. Después de su desastrosa aventura amorosa en el instituto, se había jurado que no volvería a comportarse como un estúpido con una mujer y, con Sammie, ya había roto esa regla en una ocasión. Las botas lo excitaban. Sin embargo, era su propia personalidad lo que más temía. No se podía resistir a un desafío. Le gustaba ganar y se temía que, como Sammie le estaba vedada, le resultaría por ello mucho más atractiva. Y eso podría poner en peligro su relación con su cuñada y su hermano.

De una cosa estaba totalmente seguro: no le haría daño a Sammie, si lo hacía, no viviría para contarlo; Callie y Tagg lo desollarían vivo.

Se montó en el ascensor sumido en sus pensamientos. Al llegar al despacho, su secretaria lo saludó alegremente.

—Buenas tardes, señor Worth —dijo Betty Lou desde el escritorio—. Aquí tiene. Recibió estas llamadas mientras estaba almorzando. Y hay alguien esperándole en su despacho. Insistió en que usted querría verla.

Jackson se volvió al escuchar una voz de mujer, que lo transportó sin esfuerzo al pasado. Ella estaba junto a la puerta, con una sonrisa en los labios. Parecía que el día iba de mal en peor.

—Blair.

—Vaya —comentó ella desilusionada—, pensé que me darías la bienvenida un poco más efusivamente.

Iba vestida de rojo de la cabeza a los pies. Zapatos de alta plataforma, vestido ceñido. Dejaba al descubierto el escote justo para provocar a un hombre y hacer que él quisiera tocarla. Su rostro parecía de porcelana. Llevaba los labios pintados de rojo. Ojos azules, rubio cabello, que él recordaba haberse enredado entre los dedos mientras la besaba apasionadamente.

Un temblor le recorrió el cuerpo. Blair era mucho más hermosa de lo que recordaba.

—Pues pensaste mal.

–Me gustaría hablar contigo –replicó ella sin arredrarse por aquella respuesta.

–Estoy ocupado.

–Puedo esperar hasta que no lo estés –dijo ella con una sonrisa mientras contoneaba el cuerpo de un modo que le daría palpitaciones a cualquier hombre.

Jackson contuvo el aliento y miró a Betty Lou.

–No me pases ninguna llamada.

A continuación, Jackson condujo a Blair a su despacho y cerró la puerta. Le indicó que se sentara frente a él, con el escritorio de por medio. Entonces, se dirigió hacia la ventana. Necesitaba un minuto para armarse.

–¿Qué es lo que quieres, Blair?

–Hablas como un hombre que todavía no ha sido capaz de perdonarme.

–¿Es esa la razón de que estés aquí? –le preguntó él girándose para mirarla–. ¿Después de catorce años? ¿Ahora vienes a pedirme perdón?

–Algo parecido –respondió ella cruzándose de piernas de un modo muy sugerente.

–Muy bien. Te perdono. Ahora, si eso es todo, estoy muy ocupado.

Blair se levantó rápidamente.

–No me has perdonado. Sigues enfadado conmigo.

–¿Enfadado? ¿Porque te acostaste con el socio de mi padre y te largaste con él la misma noche que se suponía que debías graduarte en el instituto? Lo embaucaste de tal modo que el hombre dejó de recordar la edad que tenía, al igual que su honor y su dignidad. No veo por qué debería seguir enfadado por eso, Blair. Por lo tanto, olvídate tú también. ¿Sabe tu marido que estás aquí para pedirme perdón?

Blair había permitido que Jackson le quitara la virginidad, entregándole su cuerpo y lo que él creía que era amor. Se había enamorado perdidamente de ella y había hecho planes para un futuro en común. Se habían prometido amor eterno, pero eso no había sido suficiente para ella. Blair provenía de una familia humilde, con unos padres a los que ella no les importaba lo más mínimo. Jackson había querido borrar todo aquel dolor y darle todo lo que ella hubiera podido soñar. Sin embargo, la noche de su graduación, descubrió que nada de lo que le había dado había sido suficiente para Blair. Ella odiaba Red Ridge. Quería dejar atrás todo lo que Jackson estimaba. Había querido llevar una vida de altos vuelos y recorrer el mundo.

Aquello era lo único que Jackson no podía darle.

–¿Mi marido? Él está a miles de kilómetros de aquí. Ya no estamos juntos.

Estaba hablando de su tercer marido. Jackson casi sintió pena por los pobres infelices con los que se había casado.

–Tienes buen aspecto, Jackson –añadió ella. Se acercó un poco más. El aroma de su carísimo perfume era testimonio de lo mucho que ella había cambiado a lo largo de los años. Ya no tenía nada que ver con la muchacha de la que él se había enamorado–. ¿Es que no tienes nada que decirme?

–No.

–Lo siento, Jackson. Sé que te hice mucho daño.

–Eso ya está olvidado.

–No te has casado.

–No es mi estilo.

–Lo fue en una ocasión…

–¿Qué es lo que quieres, Blair? ¿Por qué has venido a verme?

–Por ti, Jackson. Quiero recuperarte.

Jackson entornó la mirada. Se había quedado asombrado al escuchar aquella frase. Blair era la dueña de las tierras que él quería, pero aún no lo había mencionado. Y Jackson no debía mencionar lo mucho que anhelaba esas tierras.

–Cena conmigo esta noche. Deja que me disculpe adecuadamente contigo.

–No es necesario, Blair.

–Está bien. En ese caso, cena conmigo por los viejos tiempos.

–Esta noche no puedo. Ya te llamaré –dijo él mientras la acompañaba hasta la puerta y esperaba que ella se marchara.

Blair se acercó a él con el aire de seguridad de una mujer que se sabía muy deseable. Le metió un trozo de papel con su número de teléfono en la mano.

–Me alojo con mi tía. Llámame a cualquier hora.

Blair hacía todo con estilo. Marcharse del despacho de Jackson no fue una excepción. Lo hizo con la cabeza muy alta, haciendo que todos los empleados de Worth, hombres y mujeres, se volvieran para mirarla.

Jackson lanzó una maldición y cerró rápidamente la puerta de su despacho. Entonces, tomó su teléfono y marcó el número de Sammie. No iba a cuestionar sus actos. Se iba a dejar llevar por el instinto. Esperaba que este no le fallara.

–No lo entiendo, Jackson, ¿por qué necesitabas verme esta noche? –le preguntó ella.

–Ya te lo he dicho. Tenemos que hablar de cómo van los arreglos en la tienda y de la inauguración –respondió él mientras tomaba un trozo de cerdo agridulce con los palillos.

Sammie estaba sentada frente a él en su despacho. El espacioso escritorio estaba lleno de paquetes de comida china.

–Creo que no me has invitado aquí para hablar de negocios –insistió ella.

Efectivamente, hasta aquel momento, cuando Sammie llevaba cuarenta y cinco minutos en el despacho, habían hablado de todo menos de negocios.

–Creo que simplemente te apetecía tomar comida china y no querías cenar solo –concluyó ella.

–Eres muy suspicaz, Sammie.

–Ojalá fuera verdad –susurró cerrando los ojos.

Jackson dejó los palillos y se reclinó en la butaca.

–¿Estás hablando del canalla que te dejó colgada?

–Sí. Yo era muy ingenua.

–No tenías razón alguna para desconfiar de él. ¿Por qué tienes que culparte por lo que ocurrió? Eres un ser humano, Sammie.

–No lo vi venir y salí escaldada.

–Ya somos dos, digamos que sé lo que se siente.

Los dos quedaron en silencio unos minutos. Jackson fue el primero en volver a tomar la palabra.

–¿Quieres hacer algo esta noche?

Atónita por el cambio de tema de conversación, ella respondió:

–¿Qué propones?

–No sé… Tal vez ir a ver una película.

–¿Una película? Creía que se suponía que habíamos quedado para hablar de la inauguración.

Jackson se puso de pie, rodeó el escritorio y le tomó la mano a Sammie.

–Ya lo haremos después. Hay una película de acción que me encantaría ir a ver.

Sammie no hacía más que decirse que no era una cita. Ella era simplemente su acompañante para ir a ver una película y solo porque había estado a mano aquella noche cuando se le ocurrió la idea.

Cuando terminó la película, Jackson se levantó de su asiento y se estiró. Se movía con la gracia y la fluidez de un gato, elegante y confiado. Sin embargo, no parecía tener mucha prisa por abandonar la sala. Se volvió hacia ella y dijo:

–Ha estado muy bien.

–Bueno… –dijo mientras se ponía de pie.

–No te ha gustado.

–Eso no es cierto. La historia resulta interesante.

–¿Interesante? No tienes por qué mentir. La próxima vez iremos a ver algo que a ti te apetezca ver, pero te advierto de antemano que no me gustan las películas románticas, a menos que tengan a Jennifer Aniston de protagonista.

¿La próxima vez? Sammie estaba segura de que no había escuchado bien.

–¿Te apetece un helado? –le preguntó él cuando por fin comenzaron a dirigirse hacia la salida.

–Mmm… ¿Qué hora es?

–Faltan quince minutos para la hora en la que siempre está bien tomarse un helado.

Sammie sonrió. Jackson debía de haber tenido un día muy duro porque aquella noche parecía querer disfrutar con sus cosas favoritas.

Media hora más tarde, estaban sentados en Sonny Side Up tomándose seis tipos diferentes de helado.

–Creo que el que más me gusta es el de cereza –comentó ella.

–Pues yo voto por el de caramelo –repuso Jackson mientras se terminaba su plato.

–¿Estás seguro de que a Sonny no le importa que entremos en su café a medianoche?

–Claro que no.

–¿Qué fue lo que hizo, perder una apuesta o algo así?

Jackson se echó a reír.

–Eres muy astuta. Fue una apuesta que hicimos jugando al baloncesto. Ese hombre pierde con tanta frecuencia que al final tuvo que darme la llave de su café.

–Muy bonito. Cada vez que le ganas en la cancha, te tomas un helado gratis.

Jackson asintió.

–Sin embargo, no suelo hacerlo.

–¿Por qué no?

–No sé… Tiene que ver más con ganar que con disfrutar del premio –dijo encogiéndose de hombros–. Tengo que estar de humor para tomar helado.

–¿Y qué ocurre si pierdes?

Jackson se frotó la nuca y suspiró.

–No creo que quieras saberlo.

Sammie parpadeó y entornó la mirada.

–Claro que quiero saberlo.

–Si pierdo, Sonny puede utilizar mi ático durante un par de noches.

Sammie se sonrojó.

–¿Nunca gana?

–Bueno, el infierno se congelaría antes varias veces.

Sammie asintió.

–Bueno, no tienes por qué preocuparte. No voy a decir ni una sola palabra. Es cosa de hombres, ¿verdad?

En el tono de su voz, había un tono más acusatorio del que había buscado.

Jackson se encogió de hombros.

—Soy un hombre soltero, Sammie. Eso va con el territorio.

Jackson no le estaba diciendo nada que ella ya no supiera.

Cambió de tema y consiguió por fin que hablaran de la inauguración de la tienda, lo que le dio más seguridad y aplomo. Jackson le aseguró que estaría todo terminado en la segunda fecha elegida para la inauguración.

Cuando la acompañó a su casa, le dio las gracias por la agradable velada. No se quedó mucho tiempo en la puerta, esperando, algo que Sammie agradeció. Jackson seguía acelerándole los latidos del corazón, aunque sólo por su físico y por su encanto. No tenía ningún tipo de sentimiento hacia él.

Aquella noche, sus sueños serían muy agradables.

El despertador sonó a las seis de la mañana, Sammie se levantó inmediatamente de la cama a pesar de que le hubiera gustado dormir un poco más. Se tomó un desayuno ligero y luego se vistió para salir a hacer deporte.

Estaba al menos a tres kilómetros de su apartamento cuando se encontró cara a cara con Sonny Estes. Tardó un instante en reconocerlo con sus gafas oscuras. Iba corriendo también, aunque en dirección opuesta a la de ella. En el momento en el que Sonny la vio, se dio la vuelta y comenzó a correr a su lado. Los dos aminoraron la marcha para poder hablar.

—Vaya, te gusta correr.

—Sí. Antes salía a correr con regularidad. Ahora estoy tratando de volver a retomar la costumbre.

—Pues vas muy bien.

—Gracias, pero tú has tenido que ponerte a correr a paso de tortuga para ponerte a mi nivel. Hace años que no corro en serio.

—Me habías engañado.

—No te burles de mí. En realidad, me estoy muriendo por dentro. Mañana no me voy a poder ni mover.

Sonny soltó una carcajada.

—¿Sales a correr todos los días? –le preguntó ella.

—Todos los días menos el domingo. Vengo por aquí a menudo.

—Bueno es saberlo.

Sonny la miró asombrado antes de dedicarle una sonrisa llena de interés.

—¿Estás buscando compañero para salir a correr?

Sammie miró al frente. No había estado flirteando con él, pero Sonny se lo podría haber tomado así.

—Yo jamás me podría poner a tu nivel, pero gracias de todos modos.

—Estoy seguro de que podrías –reiteró él, pero, por suerte, no insistió.

Estuvieron corriendo juntos un rato. Sammie tenía que admitir que estaba en muy baja forma. Le costaba respirar y las piernas le dolían de fatiga. Al final, tuvo que aminorar el paso. Sonny hizo lo mismo.

–Yo ya estoy. No puedo seguir. Voy a seguir andando hasta mi casa.

–Te acompañaré.

–No tienes por qué hacerlo. Ya te he estropeado el ejercicio.

Sonny se echó a reír.

–Eso no es cierto. Yo casi había terminado cuando me encontré contigo. He corrido tres kilómetros más de lo habitual, por lo que yo también estoy agotado.

En realidad, no lo parecía. Sonny casi ni siquiera había empezado a sudar. Ni siquiera se había despeinado. Era un hombre corpulento, bronceado y guapo. De repente Sammie pensó que le vendría bien tener un amigo.

–Está bien. Iremos andando hasta mi casa y te ofreceré algo de beber, a menos que tengas prisa para abrir el café, claro.

–Bobby, mi hermano pequeño, es el que abre por las mañanas.

Siguieron andando y charlando el resto del camino. Eran casi las ocho cuando llegaron al apartamento de Sammie. Ella le ofreció un vaso de agua bien fría. Diez minutos después, después de enseñarle su pequeño apartamento, Sammie acompañó a Sonny a la puerta.

–Recuerda que te debo un almuerzo en mi café –dijo él.

–Ah, sobre eso, ya no es necesario. Ya me he tomado algo gratis. Estuve allí anoche –comentó, sin evitar sentirse algo culpable–. Jackson y yo estuvimos tomándonos un helado.

–Ah… así que fuiste tú.

–¿Lo sabes?

–Jackson me envió un mensaje para decirme que estuvo allí anoche y, aunque no me dijo que fuera una cita, yo me lo imaginé.

–No era una cita –le espetó Sammie, lo que le reportó una extraña mirada por parte de Sonny–. Fuimos a ver una película y luego a él le apeteció tomarse un helado.

–Entonces, ¿no estás saliendo con Jackson?

–No, por supuesto que no. Somos socios en los negocios y yo soy amiga de la familia. No hay nada más. No estoy saliendo con nadie en estos momentos.

Los ojos de Sonny relucieron con un brillo especial.

–Bueno es saberlo, Sammie.

La devastadora sonrisa de Sonny hizo que ella se diera cuenta de que estaba flirteando.

–Me ha gustado correr contigo. Tal vez nos volvamos a encontrar en otra ocasión –añadió.

Sammie sonrió y decidió que no le importaba que Sonny Estes flirteara con ella.

–Tal vez…

De hecho a ella también le había gustado. Cuando la tienda estuviera funcionando y no tuviera tanto que hacer, podría considerar salir a correr con él con regularidad.

Después de que Sonny se marchara, fue a darse una ducha. Aquella mañana tenía que realizar algunas entrevistas. Esperaba tener una ayudante a tiempo parcial a finales de semana.

Cuando salió de la ducha, mucho más relajada que cuando entró, se secó con una esponjosa toalla blanca, se secó el cabello con otra y se dispuso a vestirse con unos ceñidos pantalones, una camisa blanca y un chaleco gris. Eligió un par de botas de ante, con unas plataformas de vértigo. El atuendo era moderno, pero también lo bastante profesional.

De repente, alguien llamó a la puerta. Sammie se sobresaltó, dado que no estaba esperando a nadie, y menos a las nueve de la mañana. Se dirigió a la puerta y se asomó por la mirilla.

Se le cortó la respiración al ver que Jackson aparecía en su línea de visión.

–Sammie, soy yo. Ábreme.

Capítulo Seis

–¿Qué quieres decir con eso de que has pospuesto mis entrevistas?

A Sammie se le olvidó la atracción que sentía por Jackson en cuanto él entró en el apartamento y anunció que le había dicho a Betty Lou que cambiara las citas para otro día. Como la tienda aún estaba de obras, Sammie había citado como lugar de las entrevistas las oficinas de Worth.

–En primer lugar, eran nuestras entrevistas –dijo Jackson.

–Técnicamente, eso no es cierto –arguyó ella–. Tú podrías dar tu opinión cuando yo hubiera elegido a las candidatas para el trabajo. Al menos, eso fue lo que acordamos. ¿Por qué las has cancelado?

–Tagg y yo nos tenemos que marchar hoy. Vamos a Tucson.

–Te aseguro que soy perfectamente capaz de realizar unas entrevistas sin tu ayuda, Jackson.

–No lo dudo, Sammie. Esa no es la razón por la que las he puesto para otro día. Tagg me llamó esta mañana. Le preocupa dejar sola a Callie. Está con las hormonas revueltas y él no quiere que pase todo el día sola en Red Ridge. Necesita que le hagas ese favor.

–Claro que me quedaré con ella. Callie sale de cuentas dentro de dos semanas. Yo tampoco quiero que esté sola. ¿Por qué no me llamaste para decírmelo?

–Te llamé, pero no contestaste el teléfono.

–Ah, sí. Había salido –dijo ella. No se había molestado en comprobar los mensajes del contestador. Normalmente, nadie la llamaba tan temprano.

–¿Que habías salido? ¿Tan temprano?

Sammie asintió y se encogió de hombros. Jackson la observó fijamente un largo instante, esperando una explicación que ella se negó a darle. Jackson no tenía por qué saber todo lo que ella hacía. Una mujer tenía que tener sus secretos.

–Es decir, que hice bien en dejar las entrevistas para otro día. Dado que no podía localizarte, quiero decir. Supuse que querrías estar con Callie.

–¿Te ha dicho Tagg si Callie estaba disgustada por algo en particular?

–Bueno, tan solo me dijo que se ponía a llorar por tonterías.

–Espero que esté exagerando.

–No. Tagg no se estaba quejando de ella. Más bien era que no sabía cómo ayudarla.

–Ah. Supongo que querrás que vayamos juntos en el coche.

–Sí, es lo más sensato con los precios de la gasolina por las nubes.

–¿Y por qué no me ha llamado Tagg directamente a mí? –le preguntó. Los Worth tenían suficiente dinero como para poder comprar una docena de pozos petroleros. El precio de la gasolina no era la razón.

–A mi hermano le resulta muy difícil pedirle un favor a nadie, nena.

–Está bien. ¿A qué hora es la reunión que tenéis en Tucson?

–A la una. Esperamos estar de vuelta en el rancho a las seis. Sé que Tagg estará deseando regresar a casa. Si no fuera tan importante que él estuviera en esa reunión, iría yo solo. Tagg se ocupa de los números y esa reunión es muy importante para Worth Enterprises. Si se te hace demasiado tarde para volver aquí, podemos quedarnos a dormir en el rancho.

–No, yo no puedo. Tengo una cita con un proveedor local a primera hora de la mañana. Si eso te supone un problema, puedo ir en mi coche.

–En absoluto –afirmó él–. Regresaremos juntos.

–Bien. Pues vamos. Estoy lista.

Jackson le colocó una mano en la espalda y la guio al exterior. El contacto de sus dedos fue como aplicar una llama a una antorcha. Sammie suspiró y se resignó a la suerte que le había tocado en la vida: la de sentirse eternamente excitada por el hombre más inalcanzable para ella.

En muchas ocasiones, Sammie había sentido la tentación de decirle a Callie la verdad. No le gustaba ocultarle nada a su mejor amiga, pero el sentido común era más fuerte que la culpabilidad que sentía. Aquel día, se concentraría en que Callie se sintiera mejor. Si no lo conseguía, al menos podría distraerla.

Cuando Jackson aparcó frente a la casa de Tagg y Callie, esta salió a recibirlos con Tagg pisándole los talones con una expresión de angustia en el rostro. Llevaba un maletín negro en una mano y parecía tener tantas ganas de marcharse como si lo estuvieran esperando para su propia ejecución.

Jackson bajó de la furgoneta y le abrió la puerta a Sammie. Ella le dio las gracias y se concentró en su amiga.

Las dos se dieron un fuerte abrazo. Entonces, Callie la regañó.

–Me encanta que hayas venido a verme, Sammie, pero sé por qué estás aquí y no tenías que dejar tus cosas sin hacer para venirte hasta aquí a cuidarme. Estoy bien.

No era cierto. Callie tenía los ojos enrojecidos y estaba muy pálida. Había estado llorando. Sammie comprendió plenamente la preocupación de Tagg.

–En realidad, no he venido a cuidarte. Necesito que me ayudes tú con algo. Si tienes tiempo más tarde, me vendrían bien tus consejos.

–¿De verdad? –le preguntó Callie. El rostro se le iluminó.

–Sí, claro.

A espaldas de Callie, Tagg miró a Sammie con gratitud antes de darle un abrazo.

–Tenemos que marcharnos –dijo Jackson mirando el reloj.

Tagg suspiró.

–Está bien. Vayámonos.

Entonces, se volvió a Callie. Tenía la expresión más dulce en el rostro que un hombre pudiera expresar, una expresión que todas las mujeres comprenderían. La tomó entre sus brazos con infinita ternura, lo que estuvo a punto de hacer llorar a Sammie.

–Te amo –susurró Tagg.

–Yo también te amo –dijo Callie.

Entonces, Tagg la besó. Resultó tan íntimo, tan increíblemente tierno que Sammie apartó la mirada por miedo a entrometerse demasiado. Desgraciadamente, se giró hacia Jackson, que la estaba mirando a ella muy fijamente. Las miradas de ambos se cruzaron unos instantes. Ella esperó poder ocultar el anhelo que sentía, pero jamás se le había dado demasiado bien ocultar sus sentimientos.

Entonces, la magia se rompió de inmediato cuando Jackson le guiñó un ojo antes de apartar la mirada.

Sammie volvió a fijarse en sus amigos. De repente, sintió envidia de todos los que habían estado enamorados en alguna ocasión. No era que lamentara la felicidad de Tagg y Callie, pero estaba empezando a preguntarse si ella miraría alguna vez a un hombre del modo en el que Callie miraba a Tagg o si un hombre la trataría a ella con la misma ternura con la que Tagg trataba a su esposa.

Justo cuando aquellos pensamientos estaban empezando a deprimirla, Tagg hizo algo muy notable. El rudo vaquero inclinó la cabeza y con verdadera ternura depositó un beso en el vientre de Callie. Susurró algunas palabras a su hijo, de las que Sammie solo pudo escuchar las últimas.

—Sé un buen chico y quédate ahí hasta que papá regrese. Recuerda que a ti también te quiero.

Callie tocó suavemente la cabeza de Tagg y entrelazó los dedos con su oscuro cabello. En ese momento, los ojos de Sammie se llenaron por fin de lágrimas. Afortunadamente, consiguió contenerlas.

Los dos hombres se despidieron y se metieron en el coche. Las dos permanecieron frente a la casa hasta que el vehículo se perdió de vista.

En ese instante, Sammie comprendió lo mucho que quería ser amada. Quería saber lo que era poder confiar en alguien sin reservas.

Una hora más tarde, Sammie puso un bol de ensalada sobre la mesa. La ensalada estaba deliciosa y, además, ayudó a Callie a sentirse mejor. Llevaban unos minutos comiendo cuando Callie le preguntó:

—¿De verdad necesitas consejo sobre algo importante?

—Bueno, no es una cuestión de vida o muerte, pero yo… Tengo algo que preguntarte. ¿Conoces a Sonny Estes? ¿El del Sonny Side Up Café?

—Lo he visto un par de veces. Parece un buen tipo. Creo que Jackson es su casero.

—Así es. Su café está muy cerca de mi tienda. Esta mañana me encontré con él cuando salí a correr. Como él también estaba corriendo, nos pusimos a hacerlo juntos.

–¿Y?

–No sé… Creo que él estaba flirteando conmigo, pero no estoy segura. Soy gato escaldado. Ni siquiera estoy segura de estar interpretando correctamente sus señales. Esta mañana me preguntó si quería un compañero para salir a correr.

–Y tienes miedo hasta de empezar algo con él, ¿verdad?

Sammie suspiró.

–Creo que me quiere invitar a salir, pero no sé si estoy preparada.

Callie le tocó el brazo suavemente.

–Creo que sabrás cuando estás lista. Resulta natural tener reparos después de lo que te ha pasado.

–Además, voy a estar tan ocupada…

–Pero que quiera salir a correr contigo no quiere decir exactamente que te vaya a pedir en matrimonio, Sammie. Podrías aceptar y ver adónde os lleva eso. Si te gusta, tal vez no sea nada malo.

–No sé…

De repente, comenzó a pensar en el rostro de Jackson. ¿A quién estaba tratando de engañar? Últimamente, no hacía más que pensar en él. El hecho de pensar en iniciar una relación con un hombre que no fuera Jackson Worth le hacía echarse atrás. Durante las últimas semanas, había pasado demasiado tiempo a su lado. No obstante, sabía que sería una estupidez sentir algo por él...

–Si quieres, puedo preguntarle a Jackson por él. Son amigos desde hace bastante tiempo.

–No, no. Eso no será necesario. Ya lo solucionaré yo sola. Solo quería comentártelo para ver qué te parecía.

–Y yo me alegro de que lo hayas hecho –replicó Callie con una sonrisa–. Cuando tengas algo de lo que quieras hablar, ya sabes dónde vivo. Puedes charlar conmigo de lo que quieras.

Sammie deseó desesperadamente que eso fuera verdad. Una vez más, sintió que la culpabilidad la atenazaba por sentir que estaba traicionando a su mejor amiga. La sinceridad era una virtud de la que Sammie siempre se había enorgullecido.

–Hablando de Jackson, ¿cómo estaba hoy mi cuñado?

–¿Hoy? Supongo que bien. ¿Por qué?

–Porque me han dicho que el amor de su vida fue a hacerle una visita.

Sammie sintió que el corazón se le encogía al escuchar aquello.

–No me dijo nada.

–Ya lo suponía. Tú eres nueva aquí y no conoces su historia, pero él se lo contó a Tagg. En realidad, no es un secreto. Todos los empleados vieron a Blair Caulfield en su despacho ayer, por lo que no importa que te lo diga. Seguramente, Betty Lou ya se habrá encargado de que se entere la mitad de la población de Red Ridge.

–¿Dices que la vio ayer? –le preguntó Sammie, tratando de controlar la voz para que Callie no notara nada.

Callie asintió.

Por fin lo entendía. Aquella era la razón por la

que Jackson había insistido en verla la noche anterior. Necesitaba una distracción del que seguramente había sido un encuentro muy difícil. Se sentía molesta al respecto y utilizada. Jackson ni siquiera había intentado besarla. Ella tan solo había sido una herramienta conveniente para poder superar un mal día.

–Sí, se presentó en su despacho sin avisar –le contestó Callie–, y le dijo que quería recuperarle. Después de lo que le hizo. Después de tantos años

–¿Y él le dijo que no?

–Según Tagg, no le dijo ni que sí ni que no. Sinceramente, me sorprende que no la echara a patadas de su despacho. Sé que es lo suficientemente mayorcito para ocuparse de sus asuntos, pero algunas veces me preocupa.

Sammie trató de sobreponerse a los sentimientos que amenazaban con engullirla por completo. Sammie se preguntó por qué estaba reaccionando de aquella manera. Lo ocurrido entre Jackson y ella había sido un error y ya estaba olvidado. No quería sentir los celos que la consumían y que la atemorizaban

Por suerte, Callie cambió de tema. Decidió no pensar en Jackson Worth. Había demasiadas cosas en juego para ceder ante sus sentimientos y, francamente, no estaba segura que mereciera la pena correr ese riesgo.

***

Más tarde, Sammie estaba sentada recta como un huso en el coche mientras se marchaban de la casa de Tagg y Callie. Jackson se volvió a mirarla en varias ocasiones para hablarle, pero ella ni siquiera se dignó a mirarlo a los ojos. Las respuestas que le daba eran breves y concisas.

—¿Te lo has pasado bien con Callie?

—Sí.

—Parecía contenta cuando nos marchamos. Debes de haberle alegrado tu visita.

—Supongo.

—¿Qué hicisteis?

—Hablar.

—Ah. ¿Y era cierto que tenías que pedirle un consejo o te lo habías inventado?

—Era cierto.

Jackson se percató por fin del tono cortante de su voz y extendió una mano para tomar la de ella.

—Eh, ¿qué te pasa? ¿Te preocupa algo?

El contacto le despertó el deseo a Sammie. ¡Era tan fácil para él tocarla y no sentir nada! A Sammie, por el contrario, le bastaba con mirarlo para que se le acelerara el corazón y se le cortara la respiración.

Sammie miró la mano que cubría la suya.

—No, nada. Solo estoy cansada.

Cansada de fingir que Jackson Worth no era el hombre más atractivo que había conocido nunca.

Cansada de luchar contra lo que sentía hacia él.

Cansada de ser débil cuando debería mostrarse fuerte.

—¡Mierda!

El coche se escoró hacia un lateral. El viento aullaba con fuerza, por lo que Jackson tuvo que cerrar las ventanillas y el techo solar.

Ella se incorporó en el asiento y lo miró.

—¿Qué es lo que pasa?

Cuando dirigió los ojos hacia donde él estaba mirando, se quedó atónita.

—Dios mío…

Una pared de polvo de un kilómetro de ancho se dirigía hacia ellos. Sammie jamás había visto nada parecido. Llegaba hasta el cielo y lo cubría todo como una manta. Avanzaba más rápido que las nubes de una tormenta, pero parecía haber surgido del suelo. Sammie había visto huracanes, inundaciones e incluso un pequeño tornado una vez en su vida, pero nada se podía comparar con el monstruo que se les acercaba.

—Agárrate fuerte, nena. Maldita sea, no lo había visto. El viento es cada vez más fuerte.

Efectivamente, los árboles que alineaban la carretera se doblaban por la mitad para tratar de oponerse a las potentes ráfagas. Y el coche se dirigía directamente hacia ellos.

El miedo se apoderó de Sammie. No había nadie más en la carretera.

—Jackson…

—No tengas miedo, Sammie. Tengo una idea.

Ya era demasiado tarde para eso. Sammie estaba aterrorizada.

—Está bien.

Él examinó la carretera que, en aquellos momentos, había quedado prácticamente oculta por la arena. Todo lo que les rodeaba se oscureció de repente. Las señales y los árboles desaparecieron por el polvo que los rodeaba. Los vientos azotaban el coche mientras se salía de la carretera principal, pero siguió avanzando.

–Ya no tardaremos mucho si estoy en lo cierto.

Sammie no hizo ninguna pregunta. Observó a Jackson y vio que su atención se concentraba en la carretera. Estaba atenazada por el miedo.

–A menos que me haya equivocado, ya casi hemos llegado. ¿Cómo estás?

Al poco tiempo, él detuvo el coche en lo que parecía ser el medio de la nada.

–Creo que ya estamos.

No había nada a su alrededor. No se veía nada por delante, ni por detrás ni por los lados.

–¿Dónde estamos?

Jackson salió del coche. Un minuto más tarde, la puerta volvió a abrirse.

–Está bien. Recoge lo que puedas necesitar –le gritó para que se escuchara su voz por encima de los fuertes aullidos del viento.

Sammie tomó su bolso. Casi sin que se diera cuenta, Jackson la tomó entre sus brazos y la sacó del coche. Utilizó la pierna para cerrar la puerta.

–Apriétate contra mi cuerpo y agacha la cabeza –dijo a voces.

Entonces, la protegió con su cuerpo mientras la alejaba de la zona iluminada por los faros del coche para llevarla hacia la oscuridad.

Capítulo Siete

Jackson se dio cuenta de que Sammie estaba petrificada. Mientras la bajaba por la estrecha escalera que conducía al búnker de Stubbing no estaba seguro de que lo se que iban a encontrar allí abajo, pero al menos era un refugio y estarían a salvo.

Le había dado a Sammie su teléfono móvil para que fuera iluminando la escalera con la tenue luz. Ya había contado ocho escalones y sabía que le quedaban algunos más hasta llegar al final de la escalera. Sammie se aferraba a él como si le fuera la vida en ello.

—No te preocupes, nena. No tengas miedo.

—No… ten-tengo mi-miedo… —susurró ella mientras se aferraba a él con más fuerza aún.

—Ahora voy a dejarte en el suelo.

—Está bien…

El cabello de Sammie le hacía cosquillas por debajo de la barbilla. Olía, como siempre, a melocotones, y el aroma suponía un fuerte contraste con el olor a rancio del búnker.

La ayudó a apoyar los pies en el suelo y la sostuvo. Ella había estado temblando de la cabeza a los pies, por lo que Jackson no paraba de preguntarse si las piernas la sujetarían.

—Apóyate en mí un rato.

Ella no protestó ni articuló palabra. Se limitó a permanecer entre los brazos de Jackson. Él aún sentía cómo ella temblaba. Tenía que estar muy asustada para permanecer en silencio durante tanto rato.

Por fin, logró articular palabra, aunque lo hizo con un hilo de voz.

—¿Dónde estamos?

—En el búnker de Benjamin Stubbing.

—¿Cómo… cómo sabías que existía este lugar?

—De pequeño venía a jugar aquí con sus hijos. El hombre estaba muy preocupado por la supervivencia. Nosotros nos metíamos aquí y celebrábamos reuniones secretas cuando teníamos diez años. Más adelante, yo solía traer… Bueno, eso no importa.

—¿Traías a las chicas aquí?

—Sí, pero solo para impresionarlas. Les parecía muy chulo.

—Me apuesto algo a que tú eras lo que les parecía chulo.

Jackson sonrió. Eso no lo podía negar. Tenía una cierta reputación con las mujeres. Le quitó a Sammie el teléfono móvil de la mano.

—Casi no tenemos batería. Déjame que eche un vistazo a ver qué puedo encontrar.

Medio a oscuras, encontró una mesa y estuvo a punto de tirar al suelo algo que había encima. Lo atrapó rápidamente antes de que cayera. Se trataba de una linterna. Con la ayuda de la luz del móvil, encontró el interruptor. Inmediatamente, un círculo de luz iluminó el búnker.

–Tenemos suerte. Tenemos luz y…

Se dio cuenta de que la mesa no era una mesa, sino un pequeño aparador con dos puertas. Las abrió y encontró un montón de paquetes sellados que contenían comida, agua y mantas.

–No vamos a pasar hambre.

–Comer es lo último en lo que estoy pensando en estos momentos –susurró Sammie con voz temblorosa.

Por primera vez, Jackson se dio cuenta del frío que hacía en el búnker. Los temblores de Sammie no eran solo por el miedo. Agarró una de las mantas y abrió el paquete. Entonces, hizo girar la linterna para iluminar el búnker. Miró detrás de ella, hacia la pared.

–Tal y como recordaba, hay una litera a tus espaldas.

Sammie se volvió para mirarla.

–¿Crees que está en buen estado?

–Si hubieras conocido a Ben, no harías esa pregunta. Él lo tenía todo en perfecto estado de revista. Murió hace unos años, pero sus cosas estaban hechas para durar. Se revolvería en su tumba si supiera que he sido yo el que ha terminado refugiándose aquí. Casi le dio un ataque cuando nos encontró aquí de niños, jugando con sus cosas. Nos dijo que nos azotaría si nos volvía a encontrar jugando en su búnker.

–Y, por supuesto, tú no le escuchaste, ¿verdad?

–No. Regresamos a la semana siguiente, pero tuvimos más cuidado. No nos volvió a pillar.

Sammie tenía los ojos abiertos de par en par. Había mucha incertidumbre en ellos. No estaba segura aún de estar a salvo.

–No nos va a pasar nada, cielo.

–¿Cuánto tiempo tenemos que quedarnos aquí?

–Nunca antes había visto vientos tan fuertes como este. Debe de ser al menos de ochenta kilómetros a la hora. Creo que deberíamos ponernos cómodos y esperar. Pasarán horas. De hecho, podría ser toda la noche.

–¿Toda la noche?

Jackson sabía lo que ella estaba pensando. Estaban en un recinto cerrado, básicamente atrapados en una oscuridad casi total. No podía olvidarse de su deber. Tenía que mantener a salvo a Sammie.

–Es mejor que nos sentemos –dijo Jackson. Tomó a Sammie de la mano y la hizo sentarse junto a él en la litera.

La vieja cama crujió un poco, pero aguantó el peso. Entonces, Jackson dejó la linterna en el suelo y la puso al mínimo para reservar la batería. A continuación, le rodeó los hombros a Sammie con la manta y la abrazó.

–Apoya la cabeza en mí y relájate.

Ella se mordió el labio inferior un instante. Entonces, decidió que lo mejor era no discutir. Asintió y apoyó la cabeza en el torso de Jackson.

–Te aseguro que las dos cosas no van de la mano. Me refiero a lo de tumbarme encima ti y relajarme.

Jackson sabía a lo que se refería. Estaban allí solos. El fresco aroma de Sammie, el contacto de su cuerpo… Todo ello le impedía relajarse.

–Entrarás en calor muy pronto. La manta de emergencia retiene el calor corporal.

Sammie se arrebujó un poco más con ella. Siguiendo su instinto, Jackson comenzó a acariciarle suavemente el brazo.

–Creo que le estás dando demasiado crédito a la manta –murmuró ella.

–¿Sí? –preguntó él bajando la cabeza para mirarla.

Sammie miró hacia arriba. Tenía los labios separados y tan cerca que invitaban deliciosamente a un beso.

–Sí.

Jackson reunió toda su fuerza de voluntad. No iba a aprovecharse de la situación.

–¿Sabes una cosa? Se me han ocurrido unas ideas estupendas para la inauguración de Boot Barrage, y como esta noche nos sobra el tiempo, me encantaría contártelas.

Jackson apartó su cuerpo lo justo para evitar tener una erección y se prometió no volver a mirar la dulce invitación de sus labios.

Si era capaz de no hacerle el amor aquella noche, se merecería una medalla.

Sammie se despertó al escuchar unos ruidos. Levantó la cabeza de la almohada y abrió los ojos.

En aquellos momentos, estaba tumbada encima

del cuerpo de Jackson y tapada con una manta que parecía sacada de una nave espacial. Su almohada era el firme torso de Jackson. Cuando ella gimió un poco, Jackson la apretó más fuerte.

Su cuerpo pasó de estar templado a estar ardiendo en un abrir y cerrar de ojos. Debían de haberse quedado dormidos. Seguramente era muy tarde, aún de madrugada. Ya no tenía miedo de los fuertes vientos ni de que pudiera morir a causa de la tormenta. Se sentía a salvo con Jackson.

La suave luz de la linterna iluminaba su hermoso rostro. Los masculinos ángulos de su mandíbula parecían aún más poderosos entre las sombras. Tenía unos rasgos muy hermosos, una ruda masculinidad que volvía locas a las mujeres.

Sin embargo, Sammie era capaz de ver más allá de los hermosos rasgos de Jackson. Él era mucho más que eso. Prueba de la clase de hombre que era había sido lo ocurrido aquella noche. Había logrado sacarlos de la tormenta. La había protegido con su rápida forma de actuar y la había puesto a salvo.

Suspiró. A pesar de todo, seguía en peligro. Su brazo aún la agarraba posesivamente. Todos los nervios del cuerpo de Sammie vibraban de deseo. Se había acostado con Jackson en una ocasión, pero no recordaba nada. Sin embargo, su cuerpo no parecía haber olvidado. Gritaba de necesidad. De deseo. Decidió que se concentraría en lo que quería y que, en aquella ocasión, dejaría que su cuerpo fuera quien le diera las órdenes.

Su instinto le decía que necesitaba estar con

Jackson, saber por fin lo que era hacer el amor con él.

Le acarició los labios con los dedos, trazando su contorno. Él se movió un poco. Entonces, Sammie levantó la cabeza hasta la de él y lo besó dulcemente para no asustarlo.

Jackson abrió los ojos y la miró inmediatamente. Sammie supo el momento exacto en el que él se dio cuenta de que su cuerpo cubría parcialmente el de él porque se le puso rígido y duro de cintura para abajo.

Sammie lo miró fijamente, preguntándose si se había excedido. Él le agarró la cabeza y la besó con necesidad y poderoso deseo. Cuando se detuvieron, Jackson susurró:

—Cariño, ¿de verdad deseas esto?

—Sí —respondió ella sin dudarlo—. ¿Y tú...?

Jackson le acarició el cabello y la miró a los ojos. Sammie contuvo el aliento mientras esperaba a que él respondiera. ¿Y si él la rechazaba? ¿Y si ella se había equivocado? Se moriría de vergüenza y no podría volver a mirarlo a la cara.

Sin embargo, Jackson no le dio demasiado tiempo para pensar. Le acarició los hombros y dejó las manos deslizarse por la espalda para luego subir por el delicado abultamiento de los glúteos. Se los apretó con fuerza, una caricia posesiva que la excitó aún más. A continuación, la colocó de manera que la parte superior de los muslos de ella cubriera su masculinidad. Separó los labios con una pícara sonrisa.

–Estaba esperando a que despertaras…

El alivio de Sammie no pudo ser mayor. Tragó saliva y asintió. De repente, se sintió más libre, más ligera, más llena de pasión. No desperdiciaría aquella noche.

Frotó su cuerpo contra el de Jackson y lo hizo gruñir de placer.

–Dulce Sammie, no te adelantes…

–No quiero que cambies de opinión. O que cambie yo.

Jackson la abrazó y le dio un beso que le dejó a las claras lo que él pensaba al respecto.

–Ya no puedo pensar, cielo, por lo que no tienes que preocuparte por eso.

Entonces, le separó los labios con otro beso, entrelazando la lengua con la de ella. Resultaba tan erótico estar tumbada encima de Jackson, sintiendo cómo su necesidad la consumía con un frenesí de besos. Cada roce de la lengua la hacía temblar. Cada gruñido de placer que se le escapaba a él de los labios intensificaba los temblores de su cuerpo.

–Quiero volver a verte desnuda –susurró él mientras le quitaba el chaleco. Lo hizo sin esfuerzo y comenzó a desabrocharle la blusa–. Quiero que te lo quites todo menos esas botas…

Sammie sintió que el corazón estaba a punto de salírsele del pecho. Él la había visto desnuda antes, pero ella no lo recordaba. Aquella vez, todo sería nuevo y excitante para ella. Quería darle placer y experimentar todo el placer que Jackson sin duda le daría a ella.

–Está bien –susurró mientras comenzaba a desabrocharle a él la camisa. También quería verlo desnudo. Quería tocarlo, explorar las firmes planicies de su musculado torso y el ondulado trasero.

A los pocos segundos, Jackson ya la tenía completamente desnuda, a excepción de las botas. Sammie apenas había podido quitarle la camisa antes de que Jackson la tumbara de espaldas y se colocara encima de ella. Su mirada la acariciaba con el calor suficiente como para incendiar el búnker. Tenía un hermoso bronceado y músculos fuertes en los lugares apropiados. Sammie levantó las manos para tocarlo, para deslizarle los dedos por el torso. Para sentir su fuerza y acariciar un cuerpo hermoso y perfecto.

Ella le colocó la palma de la mano en el centro del pecho y notó lo alocadamente que le latía el corazón. Resultaba delicioso excitar a un hombre como Jackson…

–Me gusta cuando me tocas –murmuró él tomándole la mano y besándole las yemas de los dedos.

–No recuerdo nada de esto –susurró ella–. Nada… y eso que lo he intentado.

Jackson se tumbó de costado junto a ella y la miró de arriba abajo, como si estuviera decidiendo qué parte del cuerpo de Sammie iba a devorar primero. De repente, ella se sintió tímida, agradecida, al ver la llama del deseo que le ardía en los ojos. Jackson comenzó entonces a besarla al tiempo que le acariciaba suavemente un seno. Sammie se echó a temblar por la agradable sensación y gimió de placer cuando él comenzó a centrar sus esfuerzos en el pezón.

–Me aseguraré de que esta vez te acuerdes de todo… –musitó él, con una dulzura en la voz que la hizo derretirse por dentro.

Sammie no pudo reaccionar. Se quedó sin palabras. Sin que se lo dijera Jackson, estaba completamente segura de que jamás olvidaría ni un solo instante de aquella noche.

Los pechos se le hinchieron por la atención que él les dedicaba. Cuando interrumpió los besos y bajó la cabeza, el instinto se apoderó de Sammie y reaccionó por fin. Él abrió la boca y bebió de ella hasta que los gritos de placer se hicieron eco en las paredes del búnker. Entonces, le deslizó las manos por el torso, por el ombligo y más abajo aún. Sin embargo, no se detuvo donde el cuerpo de Sammie más lo deseaba. No le dio las caricias que la catapultarían al placer más elevado.

Le acarició los muslos y las pantorrillas. Concentró toda su atención en las piernas, primero en una y luego en otra, levantándoselas, acariciándoselas y besándoselas, en especial en el punto en el que la delicada piel se encontraba por fin con la parte superior de la bota, justo detrás de las rodillas. El deseo se apoderó de ella y la anticipación ante lo que estaba por venir estuvo a punto de conseguir que diera rienda suelta a su pasión.

–Jackson…

–Ten paciencia, nena –susurró él. Comenzó a

acariciarle los muslos, lentamente, apretándole la carne y subiendo poco a poco hasta el lugar en el que la necesidad era mayor. En el exterior, el viento aullaba y ella sentía deseos de hacer lo mismo.

–Te necesito…

–Estoy aquí.

En ese momento, la mano de Jackson encontró el centro de su feminidad. Aplicó presión y Sammie sacudió el cuerpo, a punto de explotar.

Jackson la acarició. Los dedos trazaban un ritmo muy sensual que hacía que ella se arqueara y levantara las caderas. Pequeños gemidos de torturado placer se escapaban de los labios de Sammie. Ella pronunció su nombre una, dos veces. Entonces, se dejó llevar. Alcanzó el clímax rápida y maravillosamente, con apasionadas sacudidas que le recorrieron el vientre y le entrecortaron la respiración.

–Recuerdo cómo respondías conmigo… –susurró él, asombrado.

Tumbada allí, completamente desnuda, Sammie sintió que se deshacía sobre el colchón. Se sentía presa de una lánguida sensualidad tras haber experimentado las expertas caricias de Jackson. Él parecía saber lo que ella necesitaba y se lo daba en el momento más adecuado.

Sammie lo miró y vio cómo él observaba su cuerpo con un lujurioso brillo en los ojos. Y siempre regresaba al mismo lugar: a las botas. En cuanto las miró, los ojos se le oscurecieron de deseo. Sammie sintió un hormigueo en la piel por aquella apasionada mirada y respiró profundamente.

Jackson le acarició los hombros y comenzó a juguetearle con el cabello. Entonces, volvió a besarla. Solo con eso le bastó para despertar el deseo que él había satisfecho temporalmente. Solo con que él la mirara de un cierto modo, a Sammie se le humedecía la entrepierna.

–Quiero más –susurró ella. Los dos sabían que faltaba mucho para que terminara aquella noche.

Jackson le dedicó una dulce sonrisa.

–Tendrás todo lo que quieras.

Jackson se quitó el resto de la ropa sin dejar de mirarla. Resultaba muy excitante ver a un hombre tan seguro de sí mismo.

–Y tú también puedes tomar todo lo que quieras...

Entonces, la tomó entre sus brazos y le hizo el amor como si ella fuera la única mujer sobre la Tierra.

La fuerza de voluntad de Jackson se había evaporado con los primeros besos de Sammie.

Hacía menos de una hora, le había hecho el amor, para después acurrucarla contra su cuerpo y besarla delicadamente en la mejilla. No tardaron mucho en estar listos para la siguiente ronda. El modo en el que ella respondía era muy excitante. Sammie le había murmurado al oído lo mucho que lo deseaba y aquellas palabras tan sensuales habían sido suficientes para excitarle y prepararle para la segunda vez de aquella noche.

En aquellos momentos, ella estaba sentada a horcajadas encima de él. Los suaves pliegues de su carne torturaban suavemente la punta de su masculinidad. Mientras se movía, los pechos se le agitaban de un modo muy sugerente. Jackson estaba tumbado de espaldas, con las manos en el trasero de Sammie. A pesar de que quería hundirse en ella, Sammie se resistía y jugaba con él, moviéndose sobre su cuerpo, torturándole con las más delicadas caricias. El pulso se le aceleró por el modo tan erótico en el que ella lo atormentaba hasta el punto que temió dejarse llevar.

La observó y vio que los ojos de Sammie relucían y que su rostro expresaba una profunda satisfacción. Estaba disfrutando aquel ejercicio de dominación, ser la que llevaba el mando y la que lo tenía todo bajo control.

Sammie era toda una mujer.

Apasionada. Sexy. Erótica.

En la cama, no tenía inhibiciones, al menos no con él. No se olvidaría de ella…

No entendía por qué no estaba casada, cómo era posible que aún no hubiera capturado el corazón de algún hombre; era inteligente, ingeniosa y bonita.

Sammie detuvo su tormento el tiempo suficiente para inclinarse y darle un beso a Jackson. Él le enredó la mano en el cabello y la inmovilizó. Entonces, acercó su rostro al de ella y le deslizó la lengua entre los labios, saboreándola y dejando que sus lenguas se enredaran en una sensual danza.

Tenía la piel cremosa, brillante. Él la hizo levantarse un poco para besarle los pezones erectos, primero uno y luego otro.

Sammie gimió de placer. La masculinidad de Jackson se puso tan firme como una columna de piedra. Entonces, se hundió en ella, encajándose en su cuerpo con una vibrante erección de manera que quedaron completamente unidos. El roce del ante lo hizo mirar hacia abajo. Verla sentada a horcajadas sobre él, completamente desnuda a excepción de aquellas maravillosas botas, estuvo a punto de provocarle un orgasmo. Se contuvo. Antes ansiaba ver el rostro de Sammie en el momento del clímax.

Ella comenzó a moverse muy lentamente.

–Maldita sea, Sammie…

–¿Quieres más?

Jackson meneó las caderas y la penetró más profundamente.

–Ah… –murmuró ella.

Entonces, comenzó a cabalgar sobre él con más fuerza, acogiéndolo tan profundamente en su cuerpo como podía. El cuerpo de Jackson estaba tenso, los nervios a punto de estallar, la respiración acelerada. Verla moverse encima de él, ser testigo de cómo aquel esbelto cuerpo los conducía a ambos a la cima del placer era una sensación embriagadora. Cuando creyó que ninguno de los dos podría aguantar más, Jackson se incorporó y la agarró por la cintura.

–¿Estás lista, nena?

Ella asintió. Estaba tan cerca como él. Jackson estimuló con el dedo la parte más sensible de su cuerpo. De repente, Sammie cerró los ojos, entreabrió los labios y su cuerpo adquirió un ritmo salvaje. Aquella reacción fue suficiente como para provocarle el orgasmo a él. Los gemidos de ambos resonaron al unísono y los movimientos se descontrolaron por completo. Los dos daban, los dos tomaban, hasta que los gritos de delicioso placer les desgarraron las gargantas. El clímax fue potente e increíblemente placentero.

Después, ella se desmoronó sobre él, con el cuerpo relajado e inerte. Estaba completamente saciada. Jackson le dio un beso en la frente, la cubrió con la manta y le acarició tiernamente los brazos. Ella se sentía suave, maleable. Jackson descubrió que le encantaba tocarla.

Sammie suspiró. Aquel delicado sonido volvió a excitar a Jackson cuando creyó que ya había fallecido por tanto placer.

–Ha sido increíble… –musitó ella.

Jackson sonrió. No podría estar más de acuerdo.

Los senos y el vientre de Sammie se aplastaban contra el vientre y el torso de Jackson. Las piernas se enredaban con las de él a pesar de las botas. Jackson jamás olvidaría haberle hecho el amor con aquellas botas puestas.

–Sí…

No obstante, se le ocurrieron pensamientos mucho más racionales. Jackson tenía que enfrentarse a los hechos. Había fracasado a la hora de proteger a Sammie de la única cosa que realmente podía hacerle daño. No era comparable a la tormenta de arena. No debería haberla poseído aquella noche. Lo había sabido desde el principio, pero su lujuria y la dulzura de las caricias de Sammie le habían hecho olvidar quién era ella y quién era él.

Podría tener una aventura secreta con Sammie, pero sería una estupidez y no terminaría bien. Sin embargo, antes de que Jackson pudiera encontrar las palabras adecuadas, Sammie lo sorprendió.

—Creo que lo que ha ocurrido en este búnker, debería quedarse entre estas cuatro paredes.

—No soy de la clase de hombres que presume de sus conquistas.

—Me alegra saberlo. Sin embargo, dado que esto no va a volver a ocurrir… ¿Crees que podríamos volver a repetir?

Cuando el viento dejó de aullar y llegó por fin la mañana, Sammie seguía entre sus brazos, completamente dormida bajo la manta.

El tiempo de disfrutar del sexo con Sammie había expirado. Había llegado el momento de enfrentarse a un nuevo día.

Menos de un minuto después, Jackson escuchó que se detenía junto al búnker un todoterreno. Se escuchó un portazo y pasos que se acercaban.

Sabía muy bien de quién se trataba.

—Demonios… —musitó.

La situación iba a resultar algo embarazosa.

Capítulo Ocho

«No eres más tonto porque no te entrenas».

Jackson se tomó el whisky muy lentamente. Estaba sentado en un bar, pensando en el hiriente comentario que le hizo Tagg en el búnker el día anterior.

Al verlo salir del búnker a medio vestir, Tagg supo inmediatamente que Jackson había disfrutado de una noche de sexo salvaje. Por lo menos, había sido capaz de evitarle a Sammie la vergüenza de encontrarse cara a cara con Tagg.

El resto de la conversación había seguido más o menos en los mismos términos. Jackson tuvo que soportar una buena reprimenda de Tagg. Callie y él habían estado muy preocupados por ellos. Después, en voz algo más baja, Tagg le había recordado la vulnerabilidad de Sammie y el hecho de que ella necesitaba estabilidad en su vida.

Jackson había sentido que le hervía la sangre, pero sabía que su hermano tenía razón. Acostarse con Sammie no había sido algo muy inteligente por su parte. Sin embargo, no le había parecido un error.

Jackson había necesitado de toda su capacidad de persuasión para conseguir que Tagg se marchara y hacerle prometer que no le contaría nada a Callie. Si Sammie decidía contárselo, eso sería algo muy diferente. Antes de su marcharse, su hermano le había dicho:

–Me voy a olvidar de esto, pero no te vuelvas a liar con Sammie a menos que ella signifique algo muy importante para ti.

Jackson se terminó la bebida y le indicó al camarero que le sirviera otra. Le había dado dos sorbos cuando Blair Caulfield se sentó en el taburete que había junto al suyo.

–Siento llegar tarde.

–No importa –dijo él. No estaba deseando verla. Todos los hombres se habían vuelto para mirarla. Era tan hermosa…

–¿Me has echado de menos?

–Alguna vez…

–Ahora soy una mujer diferente.

–Y yo no soy el hombre que tú conociste.

–Jackson, cuando yo te conocí no eras un hombre. No eras más que un muchacho.

–Lo que tú digas, Blair –repuso él mientras le indicaba al camarero que volviera a acercarse.

Ella le pidió lo que deseaba tomar de un modo muy seductor. Jackson se dio cuenta de que Blair no podía evitar ser sexy y seductora. Para ella era tan natural como respirar. Atraía a los hombres como si fuera un imán.

–¿Te acuerdas de cuando íbamos al lago a tirar guijarros? Era nuestro juego.

–Yo te dejaba ganar la mayoría de las veces.

–Lo sé –admitió ella–. Eso era lo que más me gustaba de ti. Anteponías mis deseos a los tuyos.

Jackson había estado enamorado perdidamente de ella. Y Blair le había roto el corazón de mil maneras diferentes.

–Tal vez no te lo creas, pero fuiste el primer y el último hombre en hacer eso por mí. Contigo, lo tenía todo y fui tan estúpida como para no darme cuenta.

–Algunas veces se gana y otras se pierde, Blair.

–Jackson, ¿no me vas a dar una oportunidad? Estoy tratando de hacer las paces contigo –susurró, con voz dulce y melosa.

Jackson suspiró. Blair estaba empezando a afectarle y eso le molestaba.

–¿Estás lista para cenar?

–Sí, vamos a cenar.

Media hora más tarde, los dos estaban sentados frente a frente en un elegante restaurante de Scottsdale. Jackson tan solo quería una cosa de Blair y se preguntó si ella lo sabría. Seguramente, el viejo Pearson le habría contando lo mucho que él deseaba el trozo de tierra que ella acababa de comprar. Todavía no comprendía cómo Blair había convencido al viejo para que se la vendiera.

Después de escuchar durante mucho rato el incesante parloteo de Blair, no pudo contenerse más.

–Bueno, ¿cómo lo hiciste, Blair? ¿Cómo conseguiste que Pearson te vendiera su tierra?

–No te lo puedo decir –replicó ella.

–¿No puedes o no quieres?

–En realidad, las dos cosas.

–Ni siquiera tú serías capaz de seducir a ese vejestorio para conseguir esa finca… ¿O sí lo serías?

Blair dio un respingo y lo miró sorprendida, como si aquel comentario fuera más que insultante, obsceno. Tardó unos segundos en reaccionar.

–El caso es que ahora soy la dueña de esa tierra –dijo con una elegante sonrisa–. Y tengo dos compradores muy motivados. No he decidido lo que quiero hacer con ella. Todavía –añadió, tras una pequeña pausa.

Los dos se miraron fijamente largo tiempo. Jackson no podía permitir que vendiera la tierra que debería pertenece a los Worth ni creerla cuando ella le decía que quería recuperarlo. Si eso hubiera sido cierto y ella hubiera cambiado realmente, no estaría recurriendo al chantaje para recuperarlo.

–Ha sido un día muy largo, Blair…

–Lo sé. Y muy duro. Podríamos regresar a tu casa y relajarnos un poco… –sugirió ella cruzándose de brazos e inclinándose sobre la mesa para mostrarle el escote.

–Ni siquiera sabes si estoy con otra mujer.

–¿Lo estás? –le preguntó ella, como si acabara de caer en la cuenta.

La imagen de Sammie profundamente dormida en la litera le acudió inmediatamente al pensamiento.

–No.

–En ese caso –musitó ella pestañeando–, podríamos olvidar del pasado y volver a empezar.

–Tal vez en otra ocasión –replicó él.

Blair bebió un poco de vino y lo miró cuidadosamente, con la dulzura justa en la expresión de su rostro.

–¿Me estás siguiendo la corriente?

–¡Qué extraño! Yo te iba a preguntar precisamente lo mismo.

Sammie pasó la mano por el suave cuero de los botines italianos. La cremallera oculta y los tacones de aguja los convertían en uno de sus favoritos. A continuación, los dejó con mucho cuidado sobre un expositor, colocándonos perfectamente. Entonces, dio un paso atrás para ver cómo quedaban. Eran la guinda de la tarta.

–Muy bonitos.

Ya no se veía por ninguna parte vestigios del incendio que asoló Boot Barrage. La tienda estaba completamente decorada y preparada para su apertura.

En la parte trasera de la tienda había instalado un elegante salón con una máquina de café. Al día siguiente, tendría bollería recién hecha para la inauguración. A partir de entonces, la suerte estaría echada.

Miró a su alrededor con una sensación de haber cumplido con su propósito y agradeció la segunda oportunidad que le había dado la vida. En realidad, debía darle las gracias a Jackson.

Solo le había visto unas pocas veces desde la tormenta y siempre había sido para hablar de la inauguración y de temas relacionados con la tienda. Jackson se había comportado como si no hubiera ocurrido nada entre ellos. Eso era exactamente lo que ella le había pedido.

No obstante, Jackson era un hombre bastante difícil de olvidar y ella tendría unos recuerdos maravillosos de aquella noche.

—Sammie, eres ridícula… —musitó.

—¿Quién es ridícula?

Jackson acababa de entrar en la tienda. Se dirigió a ella inmediatamente.

—Nadie. No te había oído llegar.

Al llegar a su lado, Jackson miró a su alrededor y sonrió.

—Esto está fantástico.

—Gracias. He tenido mucha ayuda. Angie está haciendo un trabajo fantástico.

—Me alegro de que todo te esté saliendo bien.

—Y Nicole es una fiera manejando la caja registradora.

Las dos chicas que Sammie había contratado eran estudiantes en la universidad y tenían horarios flexibles. Con su ayuda, Sammie estaba segura de que se arreglaría bien.

—¿Ocurre algo? —le preguntó. No era muy propio de Jackson presentarse sin avisar.

En vez de sus habituales vaqueros o trajes, aquel día llevaba puestos unos pantalones cortos de deporte, una camiseta negra y unas zapatillas deportivas.

–No mucho. Simplemente he venido para asegurarme de que tienes todo listo para mañana.

–Creo que lo tengo todo bajo control.

Jackson miró las cómodas botas que ella llevaba puestas aquel día y frunció el ceño.

Jamás olvidaría el rostro de Jackson cuando cabalgó encima de él con sus botas de ante gris. No se imaginaba llevando aquellas botas a ningún otro lugar por miedo a que los recuerdos surgieran en el momento más inoportuno.

Por suerte, alguien entró en la tienda, interrumpiendo así sus pensamientos. Era Sonny.

Los dos hombres se dieron la mano. Después, Sonny se acercó a ella.

–Hola, guapa.

El rubor le cubrió las mejillas a Sammie. La llamaba así desde que los dos habían empezado a correr juntos por las mañanas, algo que ella había decidido hacer después de pasar la noche en el búnker con Jackson.

–Hola, Sonny

–Esta tienda es fantástica –comentó Sonny.

–Gracias –dijo ella. Entonces, se dio cuenta de que Sonny iba más o menos vestido como Jackson–. ¿Es que vais a alguna parte?

–Sonny no se cansa de perder. Debe de tener un congelador lleno de helado del que necesita deshacerse –bromeó Jackson.

–Ah, vais a jugar al baloncesto –dedujo ella. Se alegraba de que los dos fueran a marcharse juntos.

Jackson miró a su amigo.

–¿Te está dando la sensación de que quiere deshacerse de nosotros?

Sonny se echó a reír.

–¿Quedamos mañana a la misma hora de siempre? –le preguntó a Sammie–. ¿O voy a perder a mi compañera cuando abras la tienda?

–Bueno, creo que probablemente podré con las dos cosas. De todas maneras, estaré demasiado nerviosa mañana por la mañana como para poder dormir.

–¿De qué estáis hablando? –preguntó Jackson con curiosidad. El tono de su voz parecía algo molesto.

Sammie dudó. No tenía nada que ocultar, pero no le había contado a Jackson que salía a correr con Sonny por las mañanas.

–Sammie y yo salimos a correr juntos todas las mañanas –dijo Sonny–. En cuanto amanece.

Jackson parpadeó y le dedicó una gélida mirada a su amigo un instante.

–¿No me digas?

–Casi no puedo llevar su ritmo, pero él se apiada de mí.

–Estoy seguro de ello –comentó Jackson, tras parpadear unas cuantas veces.

Sammie decidió que no iba a leer entre líneas. Jackson no era un hombre celoso.

–¿Listo, Jackson? –le preguntó Sonny.

–Sí, me reuniré contigo fuera –dijo. Esperó para seguir hablando hasta que Sonny hubo salido–. Parece que tienes muchos secretos, Sammie.

–No tantos. Bueno, es mejor que te vayas. Ahora, la pelota está en tu terreno –añadió, sin poder resistirse–. O como quiera que se diga.

Jackson la miró atónito. ¿Sabía él que Sammie le estaba poniendo una trampa? Sammie decidió que era demasiado inteligente como para no saberlo. Mientras él se marchaba de la tienda, se felicitó en silencio. Por una vez, había tenido la última palabra con Jackson.

Jackson disfrutó mucho dándole una buena paliza a Sonny en la cancha de baloncesto. Cuando terminaron, se dirigió al banco para poder descansar. Agarró una botella de agua y se bebió la mitad de un solo trago.

–Tío, hoy estás intratable –le dijo Sonny mientras se sentaba a su lado y se ponía también a beber agua–. No creía que te gustara Sammie –añadió antes de dar otro trago.

–¿Cómo dices?

–Ya lo has oído. En estos momentos, tienes en la cabeza mucho más que el baloncesto, amigo mío. Estabas vengándote. ¿Qué es lo que ocurre?

–No ocurre nada.

–¿Quieres decir que estoy loco?

–Pues ya que lo dices, sí.

–Muy bien, si eso es verdad, no te importará que le pida salir a Sammie, ¿verdad?

Jackson se terminó el agua y dejó la botella en un banco antes de mirar a Sonny con seriedad.

–No me importa.

Sonny se echó a reír en su cara.

–¡Tío, estás negando la realidad! Te gusta Sammie.

–No. Ella no es mi tipo –mintió Jackson.

La verdad era que Sammie lo atraía de muchas maneras que no comprendía. Lo de las botas ciertamente no tenía sentido.

–Me pregunto lo que diría ella al respecto –comentó Sonny.

–A Sammie no le vas a decir nada –le ordenó a su amigo.

–Si tú lo dices… No obstante, si es verdad que no te interesa, hazte a un lado y deja que otro pruebe suerte.

–Yo no te estoy estorbando.

–Pues no pareció eso cuando te enteraste de que salía a correr con ella por las mañanas. Resultó difícil no ver cómo te quedabas atónito.

–¿Adónde quieres ir a parar?

–Ella es bonita y muy divertida. Me gustaría tener la oportunidad de conocerla mejor.

–Vete al infierno…

Sammie estaba vedada para él, pero eso no significaba que ella fuera para Sonny.

Después del partido, Jackson dejó a Sonny en su café y notó que las luces de la tienda de Sammie seguían encendidas. El diablo le hizo dar la vuelta al coche y dirigirse al aparcamiento trasero. Una vez allí, sacó el teléfono móvil y marcó el número de Sammie.

—Estoy aquí –dijo.

—Eres muy amable por avisarme.

Jackson sonrió y utilizó su llave para entrar. Sammie estaba sentada frente a un pequeño escritorio revisando unos papeles. No se molestó en levantar la cabeza.

—Estoy a punto de terminar –dijo mientras realizaba una anotación en un albarán.

Cuando lo miró, el bolígrafo se le cayó de la mano. Observó los fuertes hombros cubiertos de sudor y tragó saliva.

—Deberías ponerte algo. Hace mucho frío ahí fuera.

Jackson se acercó a ella. Inmediatamente, notó el delicioso aroma que emanaba de su piel. Ella permaneció pegada a la silla, con las manos en el asiento como si le fuera la vida en ello.

—¿Qué tal el partido?

—Muy estimulante.

—Eso ya lo veo.

—Sammie...

—¿Qué? ¿Se te ha olvidado decirme algo?

—Sí. Podríamos decir eso.

Ella abrió sus bonitos ojos marrones como platos cuando él la hizo levantarse y le colocó las dos manos en la cintura. Automáticamente, ella le colocó las suyas en los hombros. Tenerla entre sus brazos le hizo recordar Las Vegas y el búnker. Tenía la boca muy cerca de la de ella.

—Se me olvidó desearte buena suerte para mañana...

Entonces, la besó, bebiendo de sus labios el delicioso sabor del café y del brillo de labios con sabor a cereza. Le pareció que la boca de Sammie estaba hecha tan solo para él. La besó una segunda vez para darle aún más suerte y entonces abrió los ojos. Miró por encima del hombro y vio lo que ella había escrito en la hoja de un cuaderno, enmarcado entre estrellas. «*Recuerda el pacto*».

Aquellas palabras fueron como un jarro de agua fría para su libido y su conciencia. No se sintió culpable por haberla besado y ese fue su único consuelo. Se aclaró la garganta y dio un paso atrás.

—Creo que se trataba de eso, nena.

—Mañana todo irá bien —dijo ella tocándose los labios, justamente donde él se los había besado—. Después de eso, sí que voy a necesitar suerte.

—Me pasaré mañana a última hora para ver cómo va todo.

—¿No vas a venir por la mañana?

Jackson no tuvo que mirar otra vez al cuaderno para recordar la promesa. La promesa que había roto, algo que no era del estilo de un Worth.

—No. Tú y las chicas os ocuparéis de todo. Es tu tienda, Sammie. Tengo fe en tus habilidades.

Era mejor así. Había hecho todo lo posible para que Boot Barrage tuviera un buen comienzo. Salió por la puerta con determinación. Sin embargo, no podía evitar sentir un nudo en la garganta. Estaba dejando escapar a Sammie.

Capítulo Nueve

–Gracias, señora Elroy –dijo Sammie mientras le entregaba a la sobrina de Betty Lou la bolsa blanca con el logotipo de Boot Barrage, dos bes delicadamente entrelazadas–. Espero que disfrute mucho de las botas. Y recuerde nuestro servicio de atención al cliente cuando quiera repararlas o necesite cualquier otra cosa.

–Gracias, pero todos me llaman Lindsay –replicó la muchacha dulcemente–. Regresaré muy pronto. Les he echado el ojo a otros pares que he visto.

–Pues aquí estaremos esperándola.

Sammie acompañó a Lindsay a la puerta y recibió a otra mujer que acababa de entrar en la tienda. En las dos horas que llevaba abierta, la tienda no había parado de recibir clientes. Unos iban tan solo a curiosear, pero otros iban a comprar. Sammie los trataba a todos con la misma amabilidad. Cada vez que Nicole abría la caja registradora, se le alegraba el corazón un poquito más. Las ventas iban muy bien.

A mediodía, el flujo de clientes se tranquilizó un poco. Angie se había marchado a comer y Nicole estaba en el almacén comprobando el inventario cuando una hermosa mujer rubia entró en la tienda. Iba elegantemente vestida y caminaba sobre unos zapatos con tacones tan altos que Sammie no pudo evitar pensar cómo podía guardar el equilibrio.

—Hola y bienvenida a Boot Barrage. Me llamo Sammie Gold —dijo ella.

La mujer asintió y miró a su alrededor. Casi no pareció fijarse en Sammie.

—Blair Caulfield.

Sammie se quedó sin palabras. Era la mujer que había destruido el corazón de Jackson.

—Bonita tienda. Elegiré unos cuantos pares de botas al salir.

—¿Al salir? —le preguntó Sammie sin comprender.

—Sí. Primero quiero ver a Jackson Worth. Su jefe. ¿Está aquí?

El hecho de que Blair diera por sentado que Jackson era el jefe le molestó profundamente a Sammie.

—Jackson es mi socio. Estamos juntos en este negocio. Y él no está.

—Estará muy pronto —replicó Blair mirándola por fin con cierto interés—. Hemos quedado aquí.

—Ah, entiendo —repuso Sammie. Los celos se apoderaron de ella. Prácticamente aún podía saborear el beso de buena suerte que Jackson le había dado la noche anterior—. Bien, puede echar un vistazo mientras espera.

—Creo que lo haré. Jackson merece la espera si sabe a lo que me refiero.

–No lo creo –mintió Sammie. Entonces, se lo pensó mejor. No debería consentir que aquella mujer le hiciera daño–. En realidad, sí lo sé.

Blair inclinó la cabeza hacia un lado y la miró con condescendencia.

–Se ha enamorado de él, ¿verdad? Resulta difícil no hacerlo. Es más guapo ahora que cuando era un muchacho, pero no pierda el tiempo. He regresado para reclamar lo que es mío. Y Jackson siempre ha sido mío.

Aquellas palabras le dolieron profundamente a Sammie. No quería una batalla verbal con Blair, pero tampoco podía consentir que se saliera con la suya.

–Me pregunto si eso sigue siendo cierto. Jackson es ya un hombre hecho y derecho.

–No lo dudo, pero yo tengo algo que Jackson quiere –replicó Blair–. Y yo soy la única que se lo puede dar.

Sammie se contuvo. No iba permitir que Blair Caulfield le arruinara el día de la inauguración. Había trabajado demasiado duro para aquello.

–Muy bien. Ahora, si me disculpa, tengo otra clienta a la que atender.

Sammie dejó a Blair sola. En realidad, su visita resultó ser muy lucrativa porque era una mujer de gustos caros. Se compró tres pares de botas de las más caras de la tienda. Por suerte, poco después recibió una llamada urgente y tuvo que marcharse. Antes de hacerlo, le pidió a Sammie que hiciera que Jackson la llamara.

Dos horas más tarde, Jackson entró en la tienda acompañado de Callie, de Tagg y de Trish.

–¡Bienvenidos! –exclamó Sammie al verlos–. Gracias por venir.

–Esta tienda es preciosa –dijo Callie llena de orgullo–. Me encanta.

–No me puedo creer que hayas venido hasta aquí.

–No me lo perdería por nada del mundo –le confirmó Callie–. Quería sorprenderte.

–Y lo has hecho.

–En realidad, puedes darle las gracias a Jackson de mi presencia aquí –admitió Callie–. Él convenció a Tagg de que podía venir. Ya sabes que Tagg está demasiado…

–Lo que estoy es demasiado nervioso –admitió Tagg–. Mi esposa está a punto de explotar.

–Eso no es cierto –dijo Callie colocándose una mano en el vientre–. Te aseguro que habrá tiempo de sobra para llegar al hospital cuando el bebé decida venir.

Tagg no parecía muy convencido.

–Hago a mi hermano responsable de esta falta de buen juicio.

Jackson miró el vientre de Callie con el miedo reflejado en los ojos.

–Quédate ahí, Rory. Si no, el tío Jackson va a tener problemas…

Todo el mundo se echó a reír, incluido Tagg.

–Bueno, me alegro mucho de que estéis todos aquí –dijo Sammie.

–Está todo muy bonito –comentó Trish–. Resulta elegante, íntimo y funcional. Es fantástico.

–Gracias. Estoy muy orgullosa del resultado. Jackson también ha tenido mucho que ver en todo esto.

–Bueno –intervino Jackson–. Sammie se ocupó del diseño de la tienda. Yo me limité a añadir unos cuantos centavos.

Más bien miles de dólares, pero Sammie decidió no corregirle.

Tras mostrarles la tienda en detalle y presentarles a Angie y a Nicole, Trish, Callie y Tagg se marcharon. Jackson se quedó para ayudarle a cerrar la tienda.

–Ah, casi se me olvida. Blair Caulfield estuvo aquí hoy. Venía buscándote. Me dijo que te pidiera que la llamaras.

Jackson no dijo ni una sola palabra. Se limitó a admirar un par de botas de cuero negro, que llevaban los dedos al descubierto y dos tiras entrelazadas en cruz hasta la rodilla. Solo las sujetaba una ancha pieza de cuero en la parte posterior de la pierna.

–Blair es una mujer muy hermosa –comentó Sammie–, aunque dudo que sea muy inteligente.

–Ella es pasado –replicó él por fin.

–A ella no se lo parece.

–Pues ese es su problema, ¿no crees?

Sammie se sintió muy aliviada al escuchar eso.

–Tal vez necesita que se lo aclares.

Jackson se puso a mirar de nuevo las botas, con lo que pareció que el asunto estaba cerrado.

Al cabo de unos minutos, él se acercó a Sammie y le dijo:

—Vamos a cenar para celebrar el primer día.

Sammie se sentía demasiado cansada y no creía que pudiera soportar salir a cenar con Jackson tan solo en plan de socios en los negocios.

—¿Podríamos dejarlo para otro día? Los pies me están matando. Me muero de ganas de quitarme la ropa y relajarme, pero primero tengo que repasar los libros.

—¿Es que no tienes hambre? Aquí ya no queda nada para comer. Además, me apuesto algo a que no has almorzado hoy.

—Yo, bueno… ahora que lo pienso… no. Supongo que se me olvidó.

—En ese caso, deja que te ayude con los libros y que pida un poco de comida china.

—Me apetecería algo a la barbacoa.

—Está bien. Pediré comida a la barbacoa y, cuando hayamos repasado los libros, te podrás ir a casa, meterte en la cama y tener dulces dueños.

—Me parece un buen plan —dijo Sammie.

Se acababa de dar cuenta de que Jackson era su amigo, y ese pensamiento, por alguna razón, le resultó muy deprimente.

El lunes siguiente, de madrugada, a Sammie comenzó a sonarle el teléfono. Se despertó muy sobresaltada y, a tientas, se inclinó sobre la mesilla de noche para contestar.

–¿Sí?

–¿Estás lista para convertirte en madrina?

–¿Qué...? ¡Ahh! –exclamó incorporándose en la cama–. ¿Ya ha nacido el bebé de Callie?

–Está de parto. Tagg acaba de llamarme. En estos momentos, todos se marchan al hospital.

–¡Vaya! En ese caso, me voy a vestir para acercarme...

–Yo pasaré a recogerte. Iremos juntos.

–Está bien –dijo ella–. Dame unos minutos.

–Prepárate rápido. Estoy casi en la puerta.

–No hablas en serio, ¿verdad?

–Claro que hablo en serio. Estamos hablando del nacimiento de mi sobrino.

Sammie colgó el teléfono y se metió rápidamente en la ducha para terminar de despejarse. Eran las dos y cuarto de la mañana y le costaba reaccionar a aquellas horas de la noche. Sin embargo, terminó de prepararse en menos de diez minutos, justo cuando Jackson llamaba a la puerta.

–Gracias por avisarme.

–Sabía que lo conseguirías.

Jackson sonrió. Iba sin afeitar, pero estaba tan guapo como siempre. Sammie suspiró al verlo.

Tomó una bolsa que había preparado con algunas cosas esenciales e incluso un cambio de ropa.

Se montaron en el coche y se dirigieron al pequeño hospital de Red Ridge, al que llegaron justo antes de que amaneciera. Se encontraron con Trish y Clay en la sala de espera.

–Tagg lleva todo el tiempo con ella –dijo Trish.

–¿Cómo está? –preguntó Sammie.

–Va bastante bien. Rompió aguas justo después de medianoche. Tiene contracciones y está tratando de tener un parto natural. Ya lleva unas cuantas horas y aún no ha cambiado de opinión.

–¿Dónde está Meggie?

–En casa con Helen, el ama de llaves. Profundamente dormida.

Sammie no sabía nada de partos. Tenía pocas amigas que hubieran sido madres, por lo que todo era bastante nuevo para ella. Se sentó junto a Trish y estuvieron charlando un rato sobre recién nacidos y bebés.

Media hora más tarde, Tagg fue a buscar a Sammie.

–Quiere que vayas a verla –le dijo a Sammie.

Sammie se levantó inmediatamente y se marchó con Tagg a la sala de partos. Justo cuando entraron, Callie estaba teniendo una contracción, por lo que Tagg corrió a su lado para darle la mano y ayudarla a respirar. Sammie se colocó al otro lado de la cama.

–Estoy aquí.

Callie asintió y siguió concentrándose en la respiración. Cuando la contracción terminó, se sentó más erguida en la cama y miró a Sammie.

–Me alegro de verte.

–Yo también. ¿Cómo estás? –le preguntó mientras le apartaba un mechón de la húmeda frente.

–Hasta ahora bien.

–Ya lo veo. Eres una campeona.

–Rory estará aquí muy pronto. Quiere salir.

–Eso es bueno. Quiere conocer a su madre y a su padre.

–No me puedo creer que vaya a ser madre –confesó Callie–. Me resultaba difícil creerlo hace unos meses, cuando Tagg y yo ni siquiera nos hablábamos y ahora él es mi esposo y el padre de mi hijo.

Tagg le dio un beso en la mejilla.

–¡Ay! Creo que viene otra contracción –exclamó Callie mientras apretaba las manos de Sammie y Tagg.

Un rato después, el médico anunció que había llegado el momento de que Callie empezara a empujar. Sammie le dedicó a su amiga una mirada de ánimo y un beso antes de salir de la sala para ir a darles la noticia al resto de la familia.

Menos de una hora después, Tagg entró en la sala de espera con una sonrisa en los labios.

–El pequeño Rory quiere conocer a su familia.

Todos le dieron la enhorabuena y, a continuación, lo acompañaron a la sala en la que Callie se estaba recuperando. Ella tenía buen aspecto y una expresión de profunda satisfacción en el rostro que ni siquiera pudo borrarle la visita de su padre. Hawk Sullivan entró con aspecto muy compungido en la sala con un ramo de rosas para Callie y un osito de color azul para su nieto.

Todos saludaron al pequeño Rory y los más valientes lo tomaron en brazos. Cuando Jackson se sentó en una butaca y extendió los brazos para que le dieran al pequeño, nadie se quedó más sorprendida que la propia Sammie. Tagg se lo colocó y Jackson acunó al pequeño con mucho cuidado, muy cerca de su pecho, susurrándole palabras de cariño con una expresión protectora y orgullosa en el rostro.

Sammie sintió que algo muy poderoso y doloroso le atravesaba el corazón. En ese instante, Sammie reconoció lo que sentía sin ninguna duda.

Estaba enamorada de Jackson Worth. No era por su atractivo, ni por su encanto, ni por lo bien que se lo había pasado con él en la cama. Lo que le ayudó a reconocer lo que sentía fue aquel sencillo acto de amor. Un gesto que demostraba la clase de hombre que Jackson era verdaderamente.

Siempre había creído que el amor verdadero era un flechazo, un torbellino, unos fuegos artificiales que, de repente, iluminaban el cielo. Sin embargo, lo que sentía por Jackson se había ido abriendo camino poco a poco, adueñándose de ella lentamente a pesar de sus esfuerzos por mantener las distancias.

Se había dicho cientos de veces que él no era el hombre para ella por muchos motivos. Sin embargo, todos quedaron olvidados en el instante en el que tomó en brazos a su sobrino y lo acurrucó contra su corazón. Tan solo aquel gesto tan pequeño había bastado para hacerle ver la verdad.

En el primer momento, sintió una profunda alegría por saber que lo amaba. A continuación, ese sentimiento se vio empequeñecido por uno más descorazonador: Jackson jamás sería suyo.

Lo amaba, pero nunca se conformaría con menos de lo que Callie tenía con Tagg o Trish con Clay. Quería el amor y el compromiso de Jackson y sabía que eso era un sueño completamente imposible.

–¿Quieres tomar en brazos a tu ahijado? –le preguntó Jackson a ella.

Él se puso de pie y se lo pasó cuidadosamente a Sammie a los brazos . Trish les hizo una fotografía a los tres juntos.

–Rory y sus padrinos –dijo.

Sammie se había metido en un buen lío. Lo que sentía por Jackson sería una tortura para ella. Él era parte de su nueva familia. Su socio en los negocios, su amigo y, además, el hombre que amaba. ¿Cómo podía ser tan estúpida?

Miró a Rory para tratar de encontrar todo el consuelo que el pequeño pudiera darle. Decidió que lo mejor era centrar en él todo el amor que sentía.

–Hola, Rory. Soy la tía Sammie. Me alegro mucho de conocerte, chiquitín. Creo que te voy a mimar bastante.

Jackson acarició tiernamente la cabecita del bebé.

–Va a hacer con nosotros dos lo que quiera –le susurró.

Una semana después, Sammie estaba sentada en el sofá de Callie con el pequeño Rory en brazos. La que una vez fue una estancia con un aire masculino, estaba completamente transformada por los toques femeninos de Callie y todo lo que conllevaba tener un bebé. Una cuna junto a la chimenea, un columpio en un rincón y una bolsa de pañales preparada junto a la mesa.

Callie comenzó a tomarse una infusión que Sammie le había preparado. Estaba muy bien a pesar de que solo hacía una semana que había dado a luz.

—Esta infusión que me has preparado está muy buena, gracias.

—Es mi favorita. Dulce y algo picante a la vez.

—Sí, como nosotras.

—Tú eres muy dulce —comentó Sammie.

—También puedo ser picante, ¿sabes?

—Ahora eres madre. No puedes decir esa clase de cosas

Callie se echó a reír.

—Pues Tagg se muere de ganas por que yo vuelva a ser picante.

Sammie le tapó los oídos al bebé.

—Callie…

Callie se echó de nuevo a reír. Aquella vez se puso la mano en el vientre.

—¡Ay, me duele reírme! Pero me viene tan bien…

—Me alegra serte de utilidad —comentó Sammie con una sonrisa.

Callie miró a su hijo llena de orgullo.

—No me puedo creer que sea mío —susurró.

—Es increíble. Es la combinación perfecta de

Tagg y tú. Es maravilloso. Me alegro de que hayas encontrado la felicidad. Te la mereces, Callie.

–Tú también te la mereces, Sammie –le dijo Callie–. Y la encontrarás muy pronto.

–¿Pronto? Bueno, es cierto que me ha llamado un detective de Boston que está trabajando en mi caso. Creen que han localizado a Allen. Esta vez apuntó más alto con una rica heredera y ella le ha pillado. Aparentemente, es más lista que yo. Podría ser que ese cerdo consiga por fin lo que se merece. Poder ver a Allen en la cárcel me haría muy feliz.

–Eso espero, pero creo que es hora de que busques otra clase de felicidad, Sammie. Tagg tiene un amigo que va a venir la semana que viene a pasar un día del fin de semana con nosotros. Se llama Bryan McCormick. Tiene una finca preciosa al norte de Red Ridge. Me encantaría que lo conocieras. Puedes venir a cenar con nosotros.

–¿Me estás buscando novio?

–¿Te parece mal?

–Te lo agradezco mucho, Callie, pero no puedo.

–¿Por qué? –le preguntó Callie tras dejar la taza en la mesa–. ¿Es que aún no estás lista? ¿Sigues afectada por lo que Allen te hizo?

Sammie se rebulló en el asiento. De repente, ya no pudo contenerse más.

–Es porque… porque… tengo sentimientos por otro hombre. Sentimientos muy fuertes.

–¿De verdad?

Sammie asintió. Entonces, Callie comenzó a hacer cálculos mentales.

–Bueno, yo creo que tiene que ser Sonny o Jackson, ¿no? ¿O acaso es una pregunta tonta?

Sammie miró al bebé. Le resultaba imposible establecer contacto visual con su amiga.

–Es una pregunta tonta.

–Está bien. Cuéntamelo todo.

Sammie levantó la mirada por fin.

–¿Por qué creíste que se trataba de Sonny?

–Un día, Jackson me hizo un comentario de que tú salías a correr con Sonny. Yo saqué mis conclusiones basándome en el tono de su voz.

–Sonny es muy agradable.

–Pero Jackson es muy…

–Jackson es maravilloso, Callie.

Callie la miró y sonrió.

–Estás enamorada.

–Es ridículo y no está bien…

–Yo no creo que sea ridículo.

A continuación, Sammie le contó todo lo que había ocurrido desde que se despertó en Las Vegas en la cama de Jackson hasta el momento en el que se dio cuenta de que estaba enamorada de él al verlo con Rory en brazos el día en el que nació el pequeño. Por supuesto, dejó a un lado los detalles más íntimos de sus encuentros sexuales.

–Lo que más siento de todo esto es habértelo ocultado. Me sentía fatal por ello. No quería que te sintieras desilusionada por Jackson. En realidad, no fue culpa suya, al menos lo ocurrido en Las Vegas. Yo me tiré encima de él.

–Bebiste demasiado, ¿no?

—Me lo tendría que haber imaginado. Después, por lo menos hemos conseguido trabajar bien juntos. Sin embargo, el día de la tormenta de arena, me di cuenta de que la vida es muy corta. Nos podíamos haber muerto... No sé, Callie. Lo estaba haciendo bien hasta que me enamoré de él. Te ruego que no te enfades conmigo. Espero que me perdones por no habértelo contado antes. Me siento tan estúpida...

Callie se sentó junto a ella y le apretó los hombros cariñosamente, con mucho cuidado de no despertar a Rory.

—En realidad, no estoy enfadada contigo. Lo entiendo perfectamente. Yo hice lo mismo con Tagg que tú con Jackson porque me pareció que jamás volvería a tener otra oportunidad. En cuanto a lo de perdonarte, ¿cómo no voy a hacerlo? Me gustaría que hubieras confiado en mí antes, pero comprendo que es una situación incómoda para los dos. Yo puse mucha fe en que Jackson no te iba a poner las manos encima.

—Nada de lo ocurrido es culpa tuya, Callie. No pienses así y tampoco te enfades con Jackson. Como ya te he dicho, todo es culpa mía. Gracias por ser tan comprensiva conmigo —suspiró Sammie, aliviada y con los ojos llenos de lágrimas—. Te aseguro que estaré bien.

—Jamás me enfadaría contigo por seguir los dictados de tu corazón. Bueno, ¿qué es lo que piensas hacer?

—¿Hacer? ¿Qué quieres decir?

–No me irás a decir que vas a dar un paso atrás sin hacer nada, ¿verdad?

–¿Y qué crees tú que debería hacer?

–Luchar por Jackson.

Sammie parpadeó. Jamás habría esperado escuchar aquellas palabras de labios de Callie.

–Sin embargo, él y todo el mundo me han dicho que no…

–Tagg tampoco. Acuérdate de que él también tenía un pasado. Creía que nunca volvería a enamorarse. Jackson es un buen chico, pero necesita una inyección de realidad. Te necesita a ti.

–No, eso no es cierto…

–Tienes que intentarlo, Sammie. Si no lo haces, jamás te lo perdonarás. Te estarás preguntando toda la vida si te perdiste algo verdaderamente importante. Mírame a mí. Yo soy la prueba viviente de ello. Si no hubiera sido valiente y hubiera perseguido lo que quería, no estaría sentada aquí ahora. Ni sería una Worth. Y nuestro pequeño Rory no sería más que un sueño.

Sammie miró a Rory. Callie creía que ella podría tener el mismo tipo de vida, un esposo y una familia. Con Jackson.

–Es imposible, Callie. La ex de Jackson está en la ciudad. Blair acudió a la inauguración de mi tienda el otro día para anunciar que iba a por él. Quiere recuperarlo.

–¿Y?

–Bueno, tal vez eso sea lo que él ha deseado desde un principio. Blair afirma que él le pertenece.

—Pues eso no significa que tú tengas que cedérselo tan fácilmente. Confía en mí cuando te digo que Blair Caulfield no es la mujer adecuada para él. No me quiero imaginar cómo te sentirías viéndole con ella y sabiendo que no has luchado por él.

Sammie comenzó a sentir esperanzas. Callie parecía tan segura… Además, su amiga tenía razón. No podría ganar si no arriesgaba.

—Sé que tienes razón, Callie. Pensaré en algo.

Callie sonrió satisfecha.

—No te arrepentirás.

Sammie le haría caso a su amiga y a su propio corazón. Definitivamente, merecía la pena correr el riesgo por el amor de Jackson.

Capítulo Diez

Por séptima vez aquella semana, Jackson miró el correo que le había enviado Trish en su teléfono móvil. Era la foto que había tomado el día en el que nació Rory. La fotografía era estupenda. Resultaba difícil no fijarse en la expresión de alegría que Sammie tenía en el rostro. Había mirado la fotografía al menos una vez al día desde que Trish se la envió y, cada vez que lo hacía, sentía algo cálido y emocionante. La sensación le gustaba.

Dejó el teléfono y se dirigió a la ducha. Había sido un día muy largo y duro y necesitaba relajarse. Lo peor de todo era que el día aún no había terminado. Tenía que ir a recoger a Blair en menos de una hora. No había podido disuadirla más. Ella no hacía más que llamarle y presentarse sin avisar en su despacho.

Se acababa de quitar la camisa cuando sonó el timbre de la puerta. Volvió a ponerse la camisa y cerró el grifo de la ducha, al abrir la puerta se encontró cara a cara con Blair. Tenía una bolsa de un supermercado en la mano.

–Hola…

Entró sin que él la invitara a pasar. Entonces, se dio la vuelta para mirarlo.

–¡Qué vista más agradable! –exclamó al ver que llevaba la camisa desabrochada.

–¿Qué estás haciendo aquí? –le preguntó.

–Voy a prepararte la cena.

Se quitó el abrigo. Llevaba un vestido. La tela marrón chocolate dejaba muy poco a la imaginación. El encaje en los lugares más estratégicos dejaba vislumbrar una delicada piel. Los pechos se vertían por las copas que debían contenerlos.

–Había pensado invitarte yo a cenar –dijo él. De repente, se sintió vulnerable y débil.

–Creo que será mucho más divertido así, Jackson. Te prepararé un delicioso plato de carne que sé que te encantará. ¿Dónde está la cocina?

Jackson le indicó el camino y luego la siguió.

–¿Has traído la escritura?

–Hablaremos de negocios después de cenar. He traído este excelente vino francés. Te encantará –comentó ella. Entró en la cocina y dejó la bolsa en el suelo. Entonces, sacó la botella y se la entregó a él–. ¿Quieres abrir el vino?

Jackson fue a la pequeña bodega que tenía junto a la cocina y regresó con el sacacorchos. Mientras, ella fue colocando los ingredientes en la encimera de granito negro y sacó dos copas de cristal.

Cuando Jackson terminó de servir el vino, Blair se sentó a su lado. Él le entregó una de las copas.

–Por los nuevos comienzos –dijo ella a modo de brindis.

–Primero la escritura, Blair –replicó él apartando su copa.

—Eres muy pesado –protestó ella, con un mohín en la boca como para romper las defensas de un hombre. Si Jackson no la hubiera conocido mejor, podría haber funcionado con él. De hecho, estaba tan prendado por su belleza que no podía encontrar las palabras para echarla del apartamento.

Blair comenzó a rebuscar en su bolso y sacó la escritura.

—Aquí tienes. Échale un vistazo. Es auténtica.

Jackson leyó cuidadosamente los términos de la escritura. Era auténtica y la tierra, efectivamente, era de Blair. Entonces, tomó un sorbo de vino y la miró a los ojos.

—¿Cómo conseguiste que vendiera, Blair?

—¿Por qué es eso tan importante para ti?

—Yo le he ofrecido el doble de lo que vale esa tierra en muchas ocasiones. La finca debe protegerse y debería quedarse como está.

—No se la voy a vender a esos de la inmobiliaria si…

—¿Si qué? ¿Si me vuelvo a enamorar de ti? Eso no te lo puedo prometer. No podemos dar marcha atrás en el tiempo, Blair. Los dos somos ahora personas diferentes.

—¿Tan malo sería intentarlo? –le preguntó ella. Lo dijo tan suavemente que Jackson estuvo a punto de olvidarse de su chantaje–. Solo te estoy pidiendo una oportunidad. Podríamos empezar esta noche.

Jackson permaneció en silencio, observando la belleza de Blair por encima de la copa de cristal. Blair era todo lo que él siempre había creído que buscaba en una mujer. Entonces, el rostro de Sammie le acudió al pensamiento. Recordó la fotografía en la que los dos estaban con Rory.

—Háblame de Weaver.

Blair suspiró y le dedicó una triste sonrisa.

—Pearson Weaver es mi padre. Mi madre tuvo una aventura con él. Los dos estaban casados entonces. Mi madre mantuvo el secreto guardado toda su vida. Solo me contó la verdad cuando cayó enferma. Pearson sentía tanto no haberme reconocido que no sabía qué hacer para compensarme. Yo no le pedí la tierra, pero él me la dio para demostrarme que me había querido mucho a lo largo de los años. Era la única cosa de valor que tenía.

Jackson parpadeó. Jamás se habría imaginado algo así.

—Creo que yo siempre supe que Daniel Caulfield no era mi padre. La vida no era maravillosa en nuestra casa. Mis padres se peleaban constantemente y, de vez en cuando, Daniel me miraba y cuestionaba la fidelidad de mi madre. Yo odié todos los minutos que pasé en Red Ridge. Me moría de ganas por marcharme de aquí.

No era una excusa para lo que hizo, pero sí una razón que Jackson podría llegar a entender.

—Jamás me lo contaste.

—Para tu familia, yo ya era la chica pobre y de mala familia. Si además de eso hubiera añadido lo de ilegítima, no creo que hubiera caído demasiado bien.

Jackson sabía que ya no serviría de nada que le

dijera que su familia jamás la había mirado con desprecio hasta que ella le rompió el corazón.

–Prepara la cena, Blair. Necesito darme una ducha.

Blair lo miró. Su expresión no dejaba ninguna duda. Quería que él la invitara a unirse con él. Jackson necesitó toda su fuerza de voluntad para darle la espalda. Una vez más, la imagen de Sammie y Rory le ayudó a mantenerse firme.

Sammie terminó de retocarse el maquillaje y dio un paso atrás para mirarse en el espejo del cuarto de baño. La sombra ahumada le daba profundidad a los ojos y una apariencia completamente diferente. A continuación, se aplicó colorete en las mejillas y un lápiz de labios rojo. Entonces, lanzó un beso al espejo.

–Jackson Worth… no podrás ignorarme otra noche más.

Desde el nacimiento de Rory, Jackson había mantenido las distancias. Ella sabía que era un hombre muy ocupado y dedujo que, después de asegurarse que Boot Barrage había empezado con buen pie, se había lanzado a su siguiente aventura empresarial. Ella, por su parte, pasaba todo el tiempo que podía con Callie y el bebé y echaba una mano a Trish en la tienda de Penny's Song cuando la necesitaba. Fue entonces cuando se le ocurrió la idea. Aquella noche, mataría dos pájaros de un tiro.

Aquella noche no dejaría que las dudas le echaran atrás. Para animarse aún más, se puso un vestido negro de punto que le sentaba como un guante. Se abrochaba desde el escote hasta el bajo del vestido. No tenía mucha tela, era su arma secreta.

Además, contaba con las botas que habían despertado el interés de Jackson el día de la inauguración de la tienda y aquella noche Sammie iba a por todas.

Cuando se miró al espejo, estuvo a punto de arrojar la idea por la ventana. El atuendo era demasiado explícito y anunciaba a gritos sus intenciones. Entonces, recordó las palabras de Callie. Debía luchar por Jackson. Si no lo intentaba, se arrepentiría toda la vida.

Tomó su bolso y colocó cuidadosamente los papeles que había redactado en el interior. Entonces, salió del apartamento con renovada confianza.

Cuando por fin llegó al impresionante edificio en el que vivía Jackson, aparcó el coche. Armada con sus dibujos, se dirigió al portero y se anunció como la socia del señor Worth. Se montó en el ascensor. Cuando las puertas se abrieron, respiró profundamente y se dirigió a la puerta.

Llamó.

Solo se escuchó silencio.

Volvió a llamar, más alto.

Oyó pasos y se preparó con una sonrisa en los labios.

La puerta se abrió.

¿Blair Caulfield?

La atractiva rubia la miró de arriba abajo. Inmediatamente, centró la atención en las botas y cayó en quién era.

–Bonitas botas. Usted es la socia de Jackson, ¿verdad?

¿Qué diablos estaba haciendo Blair Caulfield en el ático de Jackson? Jamás se hubiera esperado algo así. Al notar el delicioso aroma de las especias, comprendió la razón de la presencia de Blair allí. Un fuerte dolor le atravesó el corazón.

–Sí, soy Sammie Gold.

–Y yo Blair. Nos conocimos el otro día –dijo sin apartarse de la puerta como si fuera la dueña de la casa–. ¿En qué puedo ayudarte?

–Estoy buscando a Jackson –replicó Sammie, dispuesta a no arredrarse.

–Está duchándose.

De repente, Sammie experimentó la amarga sensación de haber vivido ya antes aquella situación. Jackson no le había robado dinero, más bien al contrario, pero le había arrebatado algo mucho peor. El dolor le recorrió el cuerpo en cuestión de segundos. No podía reclamar nada a Jackson y él jamás le había dicho que quisiera tener una relación con ella. A pesar de todo, el escozor de la traición era insoportable.

–Ah, bueno… Solo he venido a darle estos papeles –dijo. Entonces, elegantemente, como si fuera una reina, sacó el archivador de su bolso.

Estaba a punto de darle los papeles a Blair y marcharse cuando la voz de Jackson se lo impidió.

–Blair, ¿hay alguien en la puerta?

De repente, él apareció en el vestíbulo poniéndose una camisa.

—Sammie… —susurró, al verla.

—Ha venido a dejarte unos papeles —le dijo Blair.

Jackson miró a Sammie y se fijó en las botas. Tuvieron el efecto que ella había esperado.

—Aquí tienes. Es una idea que he tenido para Penny's Song. Está todo por escrito y no hay prisa.

Entonces, miró a Blair, que parecía muy satisfecha consigo misma. Jackson las miró a ambas y comenzó a negar con la cabeza.

—Esto no es lo que parece, Sammie.

Blair lo miró boquiabierta.

—Es exactamente lo que parece, Jackson —replicó.

—Cállate, Blair —le ordenó él sin dejar de mirar a Sammie.

—No tienes que explicarme nada, Jackson —le aseguró Sammie—. No importa. Yo ya me iba. Tengo… tengo una cita.

—¿Vestida así?

Sammie parpadeó. ¿Se trataba de un cumplido o de una crítica?

—Sí…

En realidad, no se trataba de una mentira. Le había dicho a Sonny que una noche de aquella semana quedarían. Parecía que iba a ser precisamente aquella noche.

—No vas a salir con Sonny vestida así —dijo él.

—No creo que sea asunto tuyo ni con quién salgo ni cómo me visto —le espetó ella—. Llego tarde. Tengo que marcharme.

Con eso, se dio la vuelta. Estuvo a punto de llegar al ascensor, pero Jackson se lo impidió agarrándola por la cintura. Se pegó a ella y le susurró al oído:

—No has venido vestida así solamente para dejarme unos papeles, Sammie.

Se zafó de él y se metió en el ascensor. Se volvió para mirarlo un segundo antes de que se cerraran las puertas.

—Blair te está esperando.

Jackson observó cómo se cerraban las puertas del ascensor. La expresión dolida de Sammie le había hecho mucho daño, a pesar de que ella había tratado de ocultarla.

Blair lo estaba esperando en la puerta, pero él pasó a su lado sin detenerse. Se dirigió a la terraza.

Bajo la tenue luz de la terraza, abrió la carpeta y examinó los papeles que Sammie le había llevado. Eran dibujos de botas vaqueras infantiles con el logotipo de Penny's Song grabado en la piel. Las botas serían un regalo de despedida para los niños que habían acudido a las instalaciones del rancho. Junto a los dibujos, había una serie de notas: «¿Te parece una tontería?». «¿Crees que les gustarán a los niños?». «¿Cuero negro para los niños y marrón para las niñas?».

Jackson miró los dibujos. Los minutos fueron pasando.

—La cena está lista —anunció Blair a sus espaldas.

Jackson no quería mirarla.

–Jackson –dijo Blair saliendo a la terraza–, ¿es que no me has oído?

–No quiero cenar.

Jackson se dirigió a la cocina y ella le siguió. Una vez allí, él tomó el bolso de Blair y se lo entregó.

–Creo que deberías marcharte, Blair.

–¿Me estás echando? –preguntó ella indignada.

–Te estoy pidiendo que te marches.

–No quieres hacer esto.

–Claro que quiero –afirmó. Le colocó la mano en la espalda y la condujo hasta la puerta principal–. Entre nosotros ya no hay nada más que viejos recuerdos que es mejor olvidar.

Blair se dio la vuelta y tragó saliva. Había perdido la imagen segura de sí misma que tanto atraída a los hombres.

–¿Y las tierras? ¿Estás dispuesto a renunciar a ellas por esa mujer?

Jackson parpadeó y la miró fijamente. Blair acababa de dar en el clavo y, de repente, él lo vio todo con claridad.

–Sí. Creo que sí. Haz lo que quieras con esas tierras, Blair. No estoy a la venta.

Blair lo miró con desprecio y asintió. Entonces, bajó la cabeza.

–Supe que estabas enamorado de ella en el mismo instante en el que os vi juntos –susurró.

–Vaya, pues eres mucho más astuta que yo. Yo lo comprendí hace menos de treinta segundos.

Capítulo Once

Callie era la mejor amiga de Sammie y, como tal, se negó a darle a Jackson respuesta alguna. Callie tenía los labios sellados y se negaba a decirle lo que estaba pasando con Sammie.

–Está fuera de la ciudad. Regresará dentro de unos días –le reiteró Callie–. Eso es lo único que se me permite decirte.

Jackson dio un trago de cerveza. Había esperado a la mañana siguiente para ir a buscarla. Había sido un error no hacerlo inmediatamente. ¿Cómo se iba a imaginar que se marcharía tan repentinamente de la ciudad?

Después de que Blair se marchara de su apartamento, se enfrentó a los sentimientos que tenía hacia Sammie. Por primera vez en su vida adulta, había tenido mucho miedo. Los sentimientos que había ocultado cuidadosamente salieron a la superficie muy dolorosamente, aunque aquel asalto fue una maravillosa liberación. Reconoció que Sammie le había hecho cambiar todas las reglas.

–Se ha marchado precipitadamente –insistió.

–No te puedo decir más –replicó Callie.

–Pero te he contado todo –dijo él–. He admitido mis errores. No quiero volver a cometer ninguno.

Callie sonrió.

–Y no los cometerás. Tengo fe en ti. Harás lo que debes.

Tagg entró en aquel momento y sonrió al ver a Jackson.

–Bienvenido al club.

–¡Eh! –exclamó Callie con fingida indignación–. Estoy aquí.

Tagg se inclinó sobre ella para darle un beso y se sentó a su lado.

–Lo sé. Y me alegro mucho. Eso es a lo que me refería…

–Eres un embaucador…

–Sí… Bueno –dijo Tagg volviéndose a mirar a Jackson–. ¿Cómo está la cosa?

–No lo sé… Sammie se ha marchado de la ciudad. No sé qué tengo que hacer...

–Pues, en cuanto tengas la oportunidad, deberías decirle lo que sientes por ella –le recomendó Callie.

–¿Y crees que me perdonará?

–No puedo hablar de ella contigo, Jackson. Lo siento. Sin embargo, te puedo dar mi opinión. Ella no me pidió que no lo hiciera.

–¿Y cuál es tu opinión?

–Que debes pensar muy bien lo que quieres antes de hablar con ella. Sammie se encuentra en una encrucijada y…

–Te ataré a un caballo y te sacaré a rastras de la ciudad si le vuelves a hacer daño –intervino Tagg.

–Y yo le ayudaré –afirmó Callie.

–Podéis confiar en mí. Eso no va a ocurrir. Yo…
estoy enamorado de ella.

Tagg y Callie lo miraron fijamente y parpadea-
ron casi simultáneamente.

–Me haces muy feliz, Jackson –susurró Callie.

Jackson asintió. Se sentía menos seguro sobre
Sammie de lo que lo había estado nunca en su vida.

–No tengo buenas perspectivas. Tal vez necesite
tu ayuda, Callie.

–Mientras no suponga que tengo que romper la
promesa que le hice a Sammie, haré lo que pueda
por ti.

–Gracias…

Con eso, Jackson volvió a tomar su botella y se la
terminó de un trago.

Los siguientes dos días pasaron muy lentamente.
Jackson se estaba poniendo cada vez más nervioso.
Había hablado con Nicole y Angie con la esperanza
de averiguar algo sobre Sammie, pero las chicas no
sabían nada. Sammie las llamaba todos los días para
ver cómo iba la tienda y nada más.

Al tercer día, cuando pasó por delante de Boot
Barrage, se dio cuenta de que el coche de Sammie
estaba aparcado detrás de la tienda. Era temprano.
Aún faltaba media hora para que abrieran. Por fin
iba a conseguir hablar con Sammie a solas.

Aparcó el coche junto al de ella y utilizó la llave
para entrar por la puerta trasera. La encontró sentada frente al escritorio.

Cuando se dio cuenta de la presencia de Jackson, Sammie levantó la vista y sonrió.

–Hola, Jackson.

Jackson sintió que le daba un vuelto el corazón. Ella estaba tramando algo. No estaba enfadada ni triste. Parecía tranquila e indiferente. No era una buena señal.

–Sammie, tenemos que hablar.

–Estoy de acuerdo –respondió ella poniéndose de pie–. Tengo que decirte algo y creo que te va a gustar.

Por la actitud que ella tenía, Jackson estaba seguro de que no le iba a gustar nada de lo que ella tuviera que decir. En su mirada, había indiferencia y determinación.

–Ya no tienes que seguir siendo mi socio.

Cuando vio a Jackson, Sammie sintió que se le despertaba toda su feminidad. Amarlo era difícil, pero encontrar el modo de no hacerlo lo era incluso más. Sin embargo, estaba decidida a seguir con su vida. Tenía que ser fuerte. No estaba dispuesta a renunciar a su amistad con Callie ni sus vínculos con los Worth.

–Sammie –susurró él–. Tienes que escucharme. Nunca tuve intención de hacerte daño, te lo juro. Lo que viste la otra noche no era lo que parecía.

–Para. No tienes que explicarme nada. Yo no soy tu novia. No me estabas siendo infiel. Tenías todo el derecho del mundo a ver a Blair.

–No hice nada más que echarla a la calle.

–¿La echaste a la calle?

–Sí. Después de que te fueras, me di cuenta de que había cometido un error. Ella me estaba ofreciendo algo que yo deseaba mucho.

–¿Su amor?

–No. Es la dueña de unas tierras que yo llevo años deseando comprar. Nos las quitaron hace cincuenta años y yo quería recuperarlas. Me hizo chantaje emocional. Me daría la tierra si yo… si nosotros…

–Entiendo.

Aquella revelación le demostraba a Sammie que Jackson jamás sería suyo. Las mujeres eran capaces de cualquier cosa con tal de ganarse su amor. A pesar de su confesión, Sammie sabía que Jackson no era el hombre para ella.

Sin embargo, lo amaba tanto…

–Está bien, Jackson. De verdad…

–Entonces, ¿me perdonas?

–No hay nada que perdonar, pero si hace que te sientas mejor, sí, te perdono.

Jackson la miró perplejo.

–¿Qué es lo que te pasa hoy exactamente?

–Buenas noticias. Han arrestado a mi ex. Tenía un montón de dinero en su residencia. Por eso me he tenido que marchar a Boston para hablar con la policía. Me alegra poder decir que he dejado de ser pobre. Voy a recuperar la mayor parte de mi dinero.

–Me alegro mucho, Sammie –dijo él con una de sus deslumbrantes sonrisas.

Sammie no podía contemplar aquella sonrisa y no verse afectada. Sin embargo, se armó de valor y decidió que no iba a volver a caer en la misma trampa. No podía mostrarle sus verdaderos sentimientos.

–Gracias.

–Me alegra que hayas vuelto, cielo. Te he echado de menos…

–Bueno, gracias. Y me alegro de que estés aquí porque ahora podemos hablar de negocios.

–Sammie, no estoy aquí para hablar de negocios.

–Pero yo sí. Deja que te haga una proposición. Quiero comprarte tu mitad de Boot Barrage. Con intereses, por supuesto. Tú en realidad no querías este negocio y lo hiciste por hacerle un favor a Callie, algo que te agradezco. Ahora estoy en situación de devolverte tu dinero, y eso es lo que me gustaría hacer. Ya no tienes que seguir siendo mi socio. ¿Qué te parece?

Jackson la miró un largo instante. No se podía saber si estaba enfadado o no. Él nunca revelaba sus sentimientos.

–¿Y bien?

–Tendré que pensarlo –respondió él.

Antes de que Sammie pudiera decir algo más, Jackson se acercó un poco más a ella y le acarició el brazo con la mano. Ella tuvo que rearmarse para resistir el impacto de aquella caricia, que evocaba tantos buenos recuerdos.

–Te responderé pronto, nena.

Con eso, se dio la vuelta y se marchó. Cuando

Sammie oyó que la puerta trasera se cerraba, se desmoronó. Se cubrió el rostro con las manos y cerró los ojos. Entonces, se echó a temblar.

–Pues sí que hay ido bien...

Podría concederse diez minutos de autocompasión antes de que tuviera que abrir la tienda. Entonces, tendría que disimular delante de todo el mundo.

Sammie no tenía motivos para quejarse. Boot Barrage funcionaba a las mil maravillas, había recuperado la mayor parte del dinero, tenía trabajo y buenos amigos. Tenía casi todo lo que una mujer pudiera desear, sin embargo, Jackson aún no le había respondido. No lo había vuelto a ver desde la mañana en la que él se presentó en la tienda, lo que debería ser algo bueno. Debería acostumbrarse a no verlo constantemente, pero lo echaba de menos desesperadamente... Tenía que olvidarse de Jackson. La invitación para ir de picnic con Callie y Trish con sus hijos era justamente lo que necesitaba para olvidarse de Jackson.

Cuando llegó al lugar en el que habían quedado, vio a Callie y saludó con la mano. Aparcó el coche a pocos metros de distancia y agarró la cesta, la manta y los regalos que llevaba para los niños

Mientras se acercaba, vio que la sonrisa de Callie se desvanecía un poco.

–Hola –dijo Sammie. Dejó todo en el suelo y le dio a su amiga un fuerte abrazo–. Me alegro de verte.

–Yo también –replicó Callie con voz algo temblorosa.

–¿Dónde está Rory? ¿Y Trish y Meggie?

–No van a venir.

–¿Por qué no?

–Porque en realidad no vamos a celebrar hoy un picnic.

–¿Pasa algo, Callie? ¿Está Rory enfermo? –preguntó Sammie alarmada.

–No. No se trata de eso. Es… es… –susurró mientras miraba hacia los árboles–. Mira, siento haberte mentido. Espero que me perdones. Ahora, tengo que irme.

–¿Irte? –preguntó ella muy confusa–. ¿Adónde?

Callie se marchó hacia su coche sin contestar. Entonces, Sammie vio a alguien saliendo de entre los árboles.

Jackson.

De repente, lo comprendió todo. Le habían hecho una encerrona.

Se quedó inmóvil, sin saber qué hacer, viendo cómo Jackson se acercaba a ella.

–¿Qué estás haciendo aquí? –le preguntó con voz muy seria.

–Estoy aquí por ti.

–Eso es evidente. Callie me acaba de abandonar –dijo. Entonces, se giró y vio el coche de Callie alejarse.

–He venido a decirte que ya he tomado una decisión. No quiero ser tu socio –anunció él.

–Muy bien. Gracias.

—Haré que redacten los documentos pertinentes.

—Estupendo. ¿Eso es todo?

—No. Hay más. Sabes dónde estamos, ¿verdad?

—Sí, claro. En el lago Elizabeth.

—¿Conoces la leyenda de este lago?

—Sí. Es donde… donde tu tatarabuelo salvó a tu tatarabuela de ahogarse.

—Así es. Aquí fue donde se conocieron. Igual de importante es que también es el lugar en el que los hombres de la familia Worth piden siempre en matrimonio a sus futuras esposas.

¿Sus futuras esposas? Sammie dio un paso atrás.

—¿Qué significa eso?

—Significa que tú me amas. Me amas, Sammie. Admítelo.

—Sería una estúpida si te amara, Jackson. Tú eres un soltero empedernido.

Sammie sintió que comenzaba a bajar la suave ladera hacia el lago. Muy pronto llegaría a la orilla.

—¿Por qué más?

—Bueno… eres demasiado guapo.

—Gracias. ¿Y por qué más?

—Eres encantador, lo que hace que las mujeres quieran darte todo lo que les pides —admitió ella. Le faltaba menos de un metro para llegar al lago.

—¿De verdad? Eso no lo sabía.

—Es parte de tu atractivo.

Jackson le miró los labios.

—Nos estamos apartando un poco de lo que importa. Tú me amas, ¿recuerdas?

–Yo nunca he dicho eso…

–Entonces, ¿no me amas?

Sammie tuvo que retroceder otro paso más y notó que el tacón de la bota tocaba el agua.

–¿Por qué lo quieres saber?

–Porque a un hombre le gusta saber que la mujer a la que ama le corresponde.

Sammie estuvo a punto de perder el equilibrio. Jackson extendió las manos y la estrechó contra su pecho. Ella levantó la cabeza y no tuvo más remedio que mirarlo a los ojos.

–¿Me amas?

–Estoy loco por ti, Sammie y me gustaría que no te cayeras al agua antes de que te pida en matrimonio –dijo. Entonces, la levantó suavemente y se cambió de sitio con ella–. Te amo, Sammie. Yo creía que eran solo las botas. Lo digo sinceramente, nena, nadie lleva las botas como tú. No soy un hombre celoso y estuve a punto de darle un buen puñetazo a Sonny cuando creí que…

Sammie sonrió.

–No te pongas tan contenta –repuso él–. Cuando hicimos ese estúpido pacto, lo pasé fatal por no poder tocarte. Te deseaba tanto… Me dije que era bueno que no recordaras nada de lo ocurrido en Las Vegas, porque aquella noche fue tan caliente y tan salvaje que yo te hubiera ofrecido con gusto una repetición.

Sammie se ruborizó. Todo aquello le parecía surrealista. Jackson le estaba diciendo lo mucho que la deseaba. Era increíble.

–Luego vino lo de la tormenta de arena. Tenía tanto miedo de que te ocurriera algo… Creo que entonces ya estaba enamorado de ti sin saberlo.

–Aquella noche te portaste muy bien. Me salvaste la vida y me la sigues salvando, como ahora. ¿Cómo no iba a amarte?

–Lo has dicho –susurró él, con el rostro iluminado como el de un niño–. Me amas…

–Claro que te amo, Jackson. Te amo con todo mi corazón, pero jamás pensé que tú me corresponderías. De hecho, traté de convencerme para no amarte. Cuando te encontré con Blair, el mundo se derrumbó a mi alrededor…

–Te juro que aquella noche no pasó nada.

–Te creo, Jackson. Tal vez no te creí en su momento, pero ahora sí…

–Cuando Blair regresó a la ciudad, no estaba seguro de lo que sentía por ella. Sin embargo, ella sabía lo que quería e hizo todo lo posible para tratar de conseguirme. Por suerte, yo no tardé en darme cuenta de que no quería tener nada que ver con ella, ni con su oferta ni con sus tierras si eso significaba perderte a ti. Si te hice daño, lo siento.

Sammie sonrió.

–Te estás disculpando muy bien. Sigue hablando.

–La otra noche, cuando apareciste en mi apartamento, me di cuenta de que Blair jamás fue la mujer adecuada para mí. Tengo que darte las gracias porque me brindaste la posibilidad de terminar con Blair que yo necesitaba. Sammie, tú eres mi presente y mi futuro, la única mujer que quiero en mi vida, si tú me aceptas…

Sammie sintió que se le hacía un nudo en la garganta. No podía creer lo que estaba escuchando ni lo que estaba viendo. Jackson acababa de hincar una de sus rodillas y, por arte de magia, un hermoso anillo de diamantes apareció delante de ella.

–Sammie Gold, te amo con todo mi corazón. Tú haces que mi vida sea luminosa. Te estoy pidiendo que te cases conmigo y que te conviertas en mi esposa. Si me concedes ese honor, te prometo ser un buen marido y amarte eternamente. Si me aceptas, también te prometo que no te arrojaré al lago para que pueda tirarme yo también y salvarte…

Sammie se echó a reír.

–Sí, me casaré contigo, Jackson. Te amo tanto que no necesito que me arrojes al lado para darme cuenta de lo mucho que deseo ser tu esposa.

Jackson se levantó. Las bromas pasaron a un segundo plano. Entonces, con gran reverencia, le tomó la mano y le colocó el anillo. Entonces, Jackson le besó los dedos.

–Te amo…

Después, unieron sus labios en un beso eterno.

Jackson le dio la mano y los dos se volvieron hacia el lago. El cielo estaba azul, el aire limpio y el agua del lago relucía bajo el sol. Su amor florecería y crecería junto a un hombre de considerable honor e integridad.

Sammie decidió que amar a Jackson era algo maravilloso. Había merecido la pena correr el riesgo…

Dos meses más tarde

Las montañas se erguían majestuosas contra el horizonte. Los caballos relinchaban. El polvo rojizo del camino se levantó hacia el cielo cuando los coches se detuvieron junto a la casa original de los Worth. Los ojos de Sammie se llenaron de lágrimas de alegría por segunda vez aquel día. Jackson, su esposo, la condujo de la mano al salón de Callie y Tagg después del bautizo del pequeño Rory.

–Me siento tan honrada de ser la madrina de Rory –dijo ella mientras tomaba asiento. Llevaba regalos para todo el mundo.

–Ay, Sammie –susurró Jackson mientras le secaba las lágrimas con el pulgar–. Yo sigo siendo el favorito de Rory, pero no tienes por qué ponerte a llorar por ello, cielo.

Sammie se echó a reír. Dentro de unos minutos, todos los Worth sabrían exactamente por qué estaba llorando.

–No lo serás más cuando le dé sus regalos.

No podía esperar más. El secreto que llevaba guardando desde hacía varias semanas estaba a punto de desvelarse. Le entregó a Callie una caja envuelta en papel azul.

–Esto es para nuestro ahijado.

–Muchas gracias, Sammie –dijo Callie.

Entonces, Sammie le entregó a Trish una caja decorada con flores rosas y blancas.

–Esto es para Meggie.

–Gracias –repuso Trish, muy contenta, mientras le mostraba la caja a su hija.

–Os ruego que los abráis.

Cuando abrió su caja, Callie sacó unas pequeñas botas color marrón chocolate. Llevaban una W realizada con pequeñas tachuelas plateadas.

–Madre mía, son preciosas… –susurró Callie.

Trish sacó las de Meggie, diseñadas exactamente del mismo modo, pero realizadas en cuero rojo.

–¡Me encantan! –exclamó Trish.

Clay las midió con los pies de su hija y dijo:

–Dentro de seis meses, estará caminando por ahí con ellas.

–Eso espero –dijo Sammie. Entonces, miró la única caja que le quedaba. Estaba envuelta con papel rosa y azul, con un lazo blanco. El corazón le latía lleno de amor cuando se la entregó a Jackson.

–Y esta es para ti… –susurró. Los ojos se le volvieron a llenar de lágrimas.

Jackson miró la caja. Callie y Trish contuvieron la respiración. Los hermanos tardaron un poco más en darse cuenta de lo que ocurría. Jackson no parecía comprender.

–¿Para mí?

–Sí. En realidad, para los dos.

Jackson frunció el ceño y abrió la caja. Miró fijamente las minúsculas botas blancas, marcadas con la misma W y del mismo número que las otras. De repente, su rostro adoptó una mirada de adoración y amor hacia Sammie.

–¿Me estás diciendo...?

–Te estoy diciendo que nuestro hijo o nuestra hija andará también muy orgulloso con sus botas, pero tardará algún tiempo en poder calzárselas.

Jackson miró fijamente el vientre de Sammie. Lo hizo con adoración y reverencia en los ojos.

–Nuestro hijo… –musitó con una amplia sonrisa en los labios.

–Sí, nuestro hijo…

Jackson se levantó y, tiernamente, hizo que Sammie se levantara también. Entonces, entre los aplausos y los vítores de los demás, la besó dulcemente en los labios.

–Jamás me habría imaginado que las botas cambiarían tanto mi vida para mejor –murmuró.

Sammie sonrió.

–Nunca dudes del poder de las botas… –bromeó.

–No lo haré. Nunca. Te lo prometo, Sammie…

Sammie guardó en el corazón aquella promesa, junto con el amor y el compromiso de Jackson. Y aún les quedaba por disfrutar la luna de miel.

Jackson la iba a llevar a París.

A París, en Las Vegas.

Lo mejor de su vida

MARY LYNN BAXTER

Cal Webster era un experto des-
velando secretos. Sin embargo,
se le había pasado por alto uno
muy importante: su exmujer le
había ocultado su embarazo y,
lo peor de todo, le había dado el
bebé al enemigo.

Cal estaba decidido a conseguir
la custodia de su hijo y, cuando
descubrió que era la hermana
de su exmujer quien lo estaba
cuidando, se embarcó en la mi-
sión más importante de su vida.
Haciéndose pasar por un desconocido, la seduciría para averiguar todo lo que pudiera y así

recuperar lo que era suyo. Pero no había contado con
que la farsa pudiera volverse tan real.

No dejaría que nada se interpusiera
en su camino

¡YA EN TU PUNTO DE VENTA!